Contemporánea

Mario Benedetti (Paso de los Toros, Uruguay, 14 de septiembre de 1920 - Montevideo, 17 de mayo de 2009) cursó estudios primarios en el colegio alemán de la capital uruguaya y acabó los estudios secundarios por libre. De joven se ganó la vida como taquígrafo, vendedor, cajero, contable, funcionario público y periodista. Fue autor de más de ochenta libros que comprenden novelas, relatos, poesía, teatro y crítica literaria, y su obra se ha traducido a más de veinticinco idiomas. En 1953 apareció su primera novela, *Quién de nosotros*, pero su consagración como narrador llegó gracias al libro de cuentos *Montevideanos* (1959). Con su siguiente novela, *La tregua* (1960), adquirió proyección internacional: la obra contó con más de ciento cincuenta ediciones, se tradujo a diecinueve idiomas y se adaptó al cine, al teatro, a la radio y a la televisión. Por razones políticas, el autor debió abandonar su país en 1973, iniciando un exilio de doce años que lo llevó a vivir en Argentina, Perú, Cuba y España, y que a su retorno dio lugar al proceso que bautizó como «desexilio». Mario Benedetti recibió, entre otros, el Premio Reina Sofía de Poesía, el Premio Iberoamericano José Martí y el Premio Internacional Menéndez Pelayo.

Mario Benedetti

Quién de nosotros

DEBOLS!LLO

Papel certificado por el Forest Stewardship Council®

Penguin
Random House
Grupo Editorial

Primera edición en Debolsillo: julio de 2015
Décima reimpresión: diciembre de 2023

© 1953, Mario Benedetti
c/o Schavelzon Graham Agencia Literaria
www.schavelzongraham.com
© 2015, Penguin Random House Grupo Editorial, S.A.U.
Travessera de Gràcia, 47-49. 08021 Barcelona
Diseño de la cubierta: Penguin Random House Grupo Editorial
Fotografía de la cubierta: © Jesús Acevedo

Printed in Spain – Impreso en España

ISBN: 978-84-9062-669-6
Depósito legal: B-13.965-2015

Impreso en Arteos Digital, S. L.,
Martorell (Barcelona)

P 6 2 6 6 9 B

*I shall never
be different. Love me.*
Auden

*Si tu t'imagines
xa va xa va xa
va durer toujours.*
Queneau

Primera parte

«Miguel»

I

Sólo hoy, al quinto día, puedo decir que no estoy seguro. El martes, sin embargo, cuando fui al puerto a despedir a Alicia, estaba convencido de que era ésta la mejor solución. En rigor es lo que siempre quise: que ella enfrentara sus remordimientos, su enfermiza demora en *lo que pudo haber sido*, su nostalgia de otro pasado y, por ende, de otro presente. No tengo rencores, no puedo tenerlos, ni para ella ni para Lucas. Pero quiero vivir tranquilo, sin esa suerte de fantasma que asiste a mi trabajo, a mis comidas, a mi descanso. De noche, después de la cena, cuando hablamos de mi oficina, de los chicos, de la nueva sirvienta, sé que ella piensa: «En lugar de éste podría estar Lucas, aquí, a mi lado, y no habría por qué hablar».

La verdad es que ella y él siempre fueron semejantes, estuvieron juntos en su interés por las cosas —aun cuando discutían agresivamente, aun cuando se agazapaban en largos silencios— y actuaban siguiendo esa espontánea coincidencia que a todos los otros (los objetos, los amigos, el mundo) nos dejaba fuera, sin pretensiones. Pero ella y yo somos indudablemente otra combinación, y precisamos hablar. Para nosotros no existe la protección del silencio; casi diría que, desde el momento que lo tenemos, la conversación acerca de trivialidades propias y ajenas nos protege a su vez de esos horribles espacios en blanco en que tendemos a mirarnos y al mismo tiempo a huirnos las miradas, en que cada uno no sabe qué hacer con el silencio del otro. Es en esas pausas cuando la presencia de Lucas se vuelve insoportable, y todos nuestros gestos, aun los tan habituales como tics, nuestro redoble de uñas sobre la mesa o la presión nerviosa de los nudillos hasta hacerlos sonar, todo ello se vuelve un elíptico manipuleo, todo ello, a fuerza de eludirla, acaba por señalar esa presencia, acaba por otorgarle una dolorosa verosimilitud que, agudizada en nuestros sentidos, excede la corporeidad.

Cuando miro a Adelita o a Martín jugando tranquilamente sobre la alfombra, y ella también los mira, y ve, como yo veo, una sombra de vulgaridad que desprestigia sus caritas casi perfectas, sé que ella especula más o menos conscientemente acerca de la luz interior, del toque intelectual que tendrían esos rostros si fueran hijos de Lucas en vez de míos. No obstante, a mí me gusta la vulgaridad de mis hijos, me gusta que no reciten poemas que no entienden, que no hagan preguntas sobre cuanto no puede importarles, que sólo les conmueva lo inmediato, que para ellos aún no hayan adquirido vigencia ni la muerte ni el espíritu ni las formas estilizadas de la emoción. Serán prácticos, groseros (Martín, especialmente) en el peor de los casos, pero no cursis, no pregonadamente originales, y eso me satisface, aunque reconozca toda la torpeza, toda la cobardía de esta tímida, inocua venganza.

II

Lo peor de todo es que no siento odio. El odio sería para mí una salvación y a veces lo echo de menos como a un antípoda de la felicidad. Pero *ellos* se han portado tan correctamente; han establecido, de común e inconsciente acuerdo, un código tan juicioso de sus renuncias, que, de mi parte, instalarme en el odio sería el modo más fácil de convertirme a los ojos de ambos en algo irremediablemente odioso, tan irremediable y tan odioso como si ellos me enfrentaran sonriendo y me dijeran: «Te hemos puesto los cuernos».

Creo poder aspirar a que si alguna vez se acuestan juntos, yo haya quedado al margen mucho antes; tal como ellos aspiran, estoy seguro, a que si alguna vez no puedo ni aguantarlos ni aguantarme, diga que se acabó, sencillamente, sin caer en la tontería de discutirlo. Mientras tanto, esto representa, aunque no lo parezca, un equilibrio. Alicia otorga mansamente, cuidadosamente, la atención y las caricias que le exigimos. Los niños y yo. Pero es como si hubiéramos prefabricado este vínculo, como si ella nos hubiese adoptado, a los niños y a mí, y ahora no supiese en dónde ni a quién dejarnos. Y como trata de hacer menos ostensible el esfuerzo que le cuesta su naturalidad, yo se lo agradezco y ella agradece mi agradecimiento.

Lucas, por su parte, se ha eliminado discretamente de la escena; no tanto, sin embargo, como para que su ausencia se vuelva sospechosa. Por eso nos escribe una carta por quincena, en la que pormenoriza su vida periodística, sus proyectos literarios, su labor de traductor. Por eso le escribo yo también una carta quincenal, en la que opino sobre política, reniego de mi empleo y detallo los adelantos escolares de Martín y Adelita; carta que termina siempre con unas líneas marginales de Alicia en las que envía «cariñosos recuerdos al buen amigo Lucas».

III

Muchas veces me he interrogado en este cuaderno acerca de mí mismo. La estricta verdad es que he ido limitando mis aspiraciones. Hubo un tiempo en que me creí inteligente, bastante inteligente; era cuando obtenía asombrosas notas en el liceo y mis padres suspendían por un instante su insoluble conflicto para mirarse satisfechos y abrazarme, conscientes de que iba camino de convertirme en una buena inversión. Pero llegó el momento de dejar la carrera, de echar mano a lo que había aprendido tan brillantemente, y me encontré con una incapacidad total para efectuar un balance, para iniciar una contabilidad, para formular un contraasiento. Claro que todo esto lo adquirí más tarde, pero no lo debo a mi desprestigiada inteligencia, sino a mi práctica porfiada y trabajosa.

Hubo un tiempo, asimismo, en que me creí capaz de sufrir y disfrutar una de esas pasiones sobrecogedoras que justifican una existencia. Creí sentirla por dos o tres mujeres, todas mayores que yo, que me trataban previstamente como a un muchacho y escuchaban mi teoría de la pasión como quien oye llover. Eso me daba tanta rabia que me apartaba con la doble intención de atraerlas y fastidiarlas. Ellas, claro, ya no lo tomaban a la tremenda; yo tampoco, ya que las olvidaba. Sólo mucho tiempo después me daba cuenta de que nada había existido, de que la pretendida pasión me desbordaba a priori, antes de que alguna mujer la reclamase. Aun Alicia... pero lo de Alicia es más complejo y tal vez sea mejor explicármelo aparte.

De modo que, perdida la esperanza de creerme inteligente o apasionado, me queda la menos presuntuosa de saberme sincero. Para saberme sincero he empezado estas notas, en las que castigo mi mediocridad con mi propio y objetivo testimonio. Es cierto que el mundo rebosa de vulgares, pero no de vulgares que se reconozcan como tales. Yo sí me reconozco. Por otra parte, comprendo que este orgullo absurdo no me brinda nada, como no sea un bochornoso fastidio de mí mismo.

Ahora bien, ¿de qué depende mi vulgaridad? ¿Con qué, con quién debo medirla, compararla? Que la reconozca en mis acciones, en mis intenciones, en mis torpezas, no significa un encono especialmente destinado a mi carácter. Tampoco los otros —salvo inseguras excepciones— me parecen geniales. Sí, todo el mundo me parece vulgar, pero eso tampoco prueba nada, con excepción de que mi concepto de lo excelso, de lo destacable, de lo extraordinario, no es nada vulgar, ya que lo reputo inalcanzable. ¿Entonces? Entonces, nada.

IV

Temo que las notas de este domingo ocupen más carillas que de costumbre. Alicia sigue en Buenos Aires, Martín está en el cine y Adelita fue a ver a la abuela. El cielo gris, cercano, que difunde mi ventana, es —también él— un mediocre, un cielo sin Dios y sin sol, una excelsa chatura que nunca me impresiona. El otro cielo, brillante, luminoso, el de las ansias de vivir y las películas en tecnicolor, es una falsa alarma. Mi cielo es éste y debo aprovecharlo. Escribiré toda la tarde, en esta rara soledad, porque me encuentro a gusto, porque siempre me agrada ajustar mis cuentas personales, tomar conciencia de las comprobaciones más desoladoras, enterarme mejor de cómo soy.

A veces pienso si esta preocupación en investigar mis propias reacciones no confirmaría una antigua creencia de Alicia: que soy un egoísta reincidente. Para ella esto debe constituir una evidencia tan tangible, que considera enojoso decírmelo. Admiro su tacto, siempre lo he admirado, y francamente no sé si no preferiría que ella me insultara, que me gritara hasta provocar en sí misma, junto con el pretexto de las lágrimas, la liberación de tantos reproches y tantos perdones. Después de todo, qué curioso, qué extraño sería para nosotros otro tipo de vida, con discusiones, llantos, estallidos. Recuerdo cómo me sorprendió el rostro de Alicia cuando la muerte de su padre. Nunca la había visto llorar, y en aquel instante, en que había perdido su serenidad y una desesperada resignación, una horrible impotencia aflojaba su tensión habitual, parecía de veras una muchacha inerme, abrazada a mí, con los cabellos en desorden sobre el rostro, desbordada al fin por la amargura. Naturalmente, era sólo una errata y los cinco últimos años se han encargado de rectificarla, de convencerme de que aquello fue una claudicación momentánea, un inexplicable desconcierto que nada tenía que ver con su esencia verdadera.

V

Pensándolo mejor, tal vez sea ésta una buena ocasión para narrarlo todo. Desde este presente que ahora me revela antiguos deseos y, lo que es mucho peor, antiguas carencias de deseos. Pero, ¿por dónde empezar? ¿Cuáles son, en realidad, mis primeros recuerdos? Acaso todo esto haya comenzado mucho antes, cuando yo era una criatura que mi memoria no alcanza a liberar. Siento profunda envidia de ese niño, encastillado en un terrible olvido, perdido para siempre, aunque ahora me lo muestren en conmovedoras fotografías jugando con el perro o inmovilizado en un traje radiante de marinero o abrazado furiosamente a un oso, una prima, una silla.

Siento que allí está el secreto, en esa mirada incompatible con el hombre que ahora soy y en la que está presente (además de una tremenda inocencia, es decir, de toda la ignorancia disponible) otra actitud para sufrir la vida. ¿Qué otro pude haber sido? Sé que estas interrogaciones no me llevarán a nada, pero creo sinceramente, aun sin saber a ciencia cierta por qué, que lo único que excede en mí la vulgaridad es justamente eso que pude ser, y que no soy.

La mera posibilidad —aunque sea, en mi caso, una posibilidad frustrada— alcanza para dar otro tono a la vida corriente. No deja de ser curioso que yo crea irracionalmente en que pude haber sido mejor y que a la vez eso baste para amargarme y conformarme. Para mí significa una especie de morosa fruición el imaginar las probables prolongaciones de ciertas dudas del pasado y figurarme cómo habría sido este presente si en tal o cual instante yo me hubiera decidido por el otro rumbo. Pero, ¿existe verdaderamente ese otro rumbo? En realidad, sólo existe la dirección que tomamos. *Lo que pude haber sido* ya no vale. Nadie acepta esa moneda; yo tampoco.

VI

El primer recuerdo que poseo de mí mismo es el de un testigo silencioso frente a las disputas de mis padres. Mi padre era un tipo corpulento, brutal en sus ademanes y en su lenguaje y, sin embargo, inteligente y ágil en su actividad comercial. Mi madre, no sé si verdaderamente pequeña o empequeñecida por el carácter de mi padre, poseía una sensibilidad en constante alerta, que tanto mi padre como ella misma tenían por su falla más visible. Aparentemente, las respectivas modalidades de Alicia y de mamá podrían parecer semejantes por muchos conceptos. Pero no voy a caer en la torpe generalización de considerar que todas las mujeres viven frenadas y mentidas, ocultando siempre su mejor intimidad.

La gran diferencia entre estas dos mujeres que me atañen, es sin embargo lo bastante sutil como para confundir las apariencias. En realidad, mamá poseía un temperamento débil y, no obstante ello, una coherente calidad humana. Tal vez Alicia no sea, dicho en términos de mostrador, un *artículo noble*, pero dispuso siempre de un carácter admirable, casi estoico. Hay otra diferencia más grosera y, sin embargo, importante. Mamá tenía frente a sí a un hombre vehemente, que además sabía lo que quería o creía saberlo; Alicia me tiene a mí, que no sé nada acerca de mí mismo.

Una antigua visión, que acaso nace antes que mi conducta responsable, me devuelve a mi padre, sentado en la mesa frente a mí, con sus manos enormes, crispadas sobre el mantel. No sé de qué se hablaba, pero recuerdo exactamente la actitud de mamá a la espera del estallido. Yo pude, pese a mis pocos años, captar la tensión, pero el tono corriente de la sobremesa no parecía anunciar que la situación fuera a precipitarse. De pronto, la cabeza de mi padre se levantó, y sus ojos, perdido el último prejuicio, se lanzaron a maldecir antes aún que las palabras. Las manos seguían crispadas sobre la mesa; pero en la derecha había dos dedos que se levantaban y caían juntos, como gemelos. Entonces comprendí que algo terrible era inminente y me cercó un miedo atroz, paralizante. Los dedos bajaban y subían (uno de ellos, con una enorme piedra roja) y yo sentía que no podía hacer nada ni decir nada ni pensar nada. Aquel rubí me miraba como un ojo de sangre, y era lo único que allí existía. Pero entonces la mano se detuvo; bruscamente se elevó, abierta, mientras la piedra roja parpadeaba en el aire, y luego cayó, otra vez hecha un puño, con un golpe seco sobre la mesa. Vi la cara de terror de mamá, como si el puño se hubiera abatido sobre ella o sobre mí, y sólo entonces me enteré de que mi padre la estaba insultando, con palabras soeces y brutales. Ese instante no lo olvidaré jamás por dos razones: la sensación de que en ese momento yo no existía para mi padre, y la certeza, tan profunda como inexplicable, de que él tenía razón en insultar a mi madre. Mi padre despreciaba en ella su debilidad, su estar a la espera, su actitud pasiva, casi inerte. Diríase que mi padre arremetía contra ella para probar y provocar sus defensas, pero ella se quedaba sin voz, sin conciencia de sí misma, paralizada también por el terror.

Toda mi infancia y parte de mi adolescencia constituyeron una prolongación de esa escena: mi padre avasallando a mi madre, mi madre vencida de antemano, yo como acorralado testigo que nadie tenía en cuenta. Sin embargo, el verdadero conflicto estaba en mí, porque comprendía y compartía con igual intensidad las razones de mi padre y el terror de mamá.

VII

Muchas veces, después de la muerte de ambos, me he preguntado hasta dónde los quise o pretendí quererlos. Pero nunca he podido ver claro. Así como en las relaciones entre hombre y mujer, la pasión, la simple atracción sexual, desvirtúan, confunden y transforman el verdadero afecto, las relaciones entre un hijo y sus padres son corrientemente deformadas por una incómoda sensación de dependencia, por una irremediable distancia generacional en la adecuada apreciación de las cosas, por la jactanciosa experiencia de una de las partes y la no menos jactanciosa inexperiencia de la otra.

De modo que puedo equivocarme —y con toda seguridad me estoy equivocando— en el análisis de esta zona de mi afecto. Empero, es probable que yo amara en ellos justamente aquello que no compartía o que, por lo menos, no podía comprender. Es decir, en mi padre, su lucidez para captar el lado conveniente de cualquier situación, su segura agilidad en tomar las decisiones más riesgosas; en mi madre, su escondida calidad humana, su intuición de los placeres ajenos. Amaba en ellos lo que ocultaban o sólo mostraban a pesar suyo. Pero como me movía entre sus apariencias —el miedo de mi madre, las razones de mi padre— y éstas, por tenerlas en mí, ya no me eran gratas, siempre pareció, y así debe haberles parecido a ellos, que no los quería. Pero yo amaba en ellos mis carencias, los admiraba en cuanto no eran vulgares, en lo que no hallaba reflejado en mí.

Lo cierto es que la vida —¡qué indecente resulta nombrarla así, como si fuera una divinidad, como si encerrase una esotérica significación y no fuera lo que todos sabemos que es: una repetición, una aburrida repetición de dilemas, de rostros, de deseos!— lo cierto es que la vida desde el principio me sacó ventajas y yo no he podido ni podré jamás recuperar el terreno perdido. Es un oficio odioso el de testigo y yo ni siquiera puedo evitar el serlo de mí mismo, el comprobar cómo voy quedando atrás en el afecto, en la estima de quienes esperaban otra cosa de mí.

VIII

Pero, ¿a qué insistir sobre mi infancia, si eso está suficientemente claro, si lo que yo quiero es hablar de Alicia, ver claro en mi imagen de ella, saber si hice bien o no en dejar que fuese a Buenos Aires, en escribirle ayer una carta hipócrita, repugnante, melosa? Tendría que empezar por reconocer que nunca supe de modo cabal en qué términos estaban planteadas nuestras relaciones. Siempre ha habido una zona equívoca en la que los gestos, los silencios y las palabras podían representar con la misma eficacia tanto el odio como el amor, tanto la piedad como la indiferencia. Cuando Alicia sonríe, nunca sé si se trata de una sonrisa o de una mueca, si lo hace por necesidad o por una efímera, compasiva deliberación. Es evidente que hay en ella, o en mí, o en ambos a la vez, alguna imposibilidad, algún prejuicio que nos estropea el amor. Porque aunque yo siempre haya estado en falta conmigo mismo, aunque siempre haya afrontado la vida con preocupación y con desgano, hubo un tiempo en que me gustaba la amargura, en que por lo menos apreciaba los contrastes complementarios, como si se tratase de colores y se prestaran recíprocamente su sinsentido; hubo un tiempo en que confundía la esperanza con el soñar despierto. Esa aquiescencia, esa mansedumbre, bien podrían tomarse por alegría, y acaso justificaran mi fama de entonces (un muchacho que la sabe vivir, un jaranero), que hoy en día me parece fabuloso recuerdo.

En esa edad absurda, la aparición de Alicia, con su rostro vejatoriamente cuerdo, me ofreció al menos una parodia de salvación. Aún no sé cómo ella, la más pequeña, podía respirar entre aquellos gandules de cuarto año que ostentaban como un rito su jocunda grosería, su encarnizada constelación de granos. El primer día, sin embargo, fue la suya la primera voz compacta que respondió al bedel. Simultáneamente me enteré de su nombre, de su voz imperceptiblemente ronca y su tolerante, simpático desprecio, antes aún de verla de frente y cuando sólo podía distinguir sus hombros en tensión, su nuca asegurada entre rodetes negros. Esa misma tarde, en el último recreo, me le acerqué y nos dijimos los nombres.

IX

¿Qué queda de esa Alicia *anterior a Lucas* que caminaba conmigo doce cuadras, dando y recibiendo confesiones triviales, secretos menores, intrigas de clase? Esos regresos del liceo constituyen mi sola aproximación a la bonanza, la única prosperidad de mi historia. Diariamente veníamos en zigzag, en un rodeo impremeditadamente cómplice, a fin de eludir el espionaje familiar. En dos esquinas yo tenía el derecho de ayudarla a cruzar tomándole apenas el brazo, y sólo en raras ocasiones tratábamos —con pinzas— el tema del amor, a propósito de otros. Pero si bien nos prohibíamos ese diálogo insulso, repetido, esa especie de besuqueo verbal de los enamorados, en cambio merodeábamos sin escrúpulos por sus lindes, allí donde están siempre disponibles el pasado ufanamente abolido, la forzosa incomprensión de los padres, lo que se cavila antes de dormir, y el futuro, el futuro recóndito, insondable, desesperadamente improvisado.

Es claro que durante ese conato de felicidad incurrí en engaños, en trampas ingenuas que yo mismo me preparaba. Le relataba a Alicia, con lujo de detalles, la habilidad comercial de mi padre, pero callaba religiosamente toda referencia a mis terrores de niño, tan cercanos aún que me estremecían. Me burlaba, eso sí, con ostentosa ternura, de la indeclinable aprensión de mamá, pero eludía referirme a su obstinada bondad, que nunca pedía nada de nadie. Es cierto que en esa transformación jugaba al alegre, al optimista, pero nunca dejó de envilecerme una irremediable sensación de hastío. Era una falsa prosperidad la que me hacía reír, emocionarme, gritar a veces. Y aunque ahora sea cada vez más consciente de esa impostura, debo reconocer que entonces era bueno quedarse en la esquina anterior a la casa de Alicia, viendo cómo ella se alejaba sola, y esperar que diez metros antes de los grandes balcones de mármol, se diera vuelta para cerrar fuertemente los ojos a modo de saludo en candorosa clave.

X

Pero todo era una falsa prosperidad. Apareció Lucas y desde el primer encuentro supe dos cosas que pasaron a ser resortes vitales de mi futuro de entonces: que jamás podría llegar a aborrecerle y que, sin embargo, su presencia iba de algún modo a perturbar mi vida y resolver mi vergüenza.

Lucas ingresó en la clase a mediados de año, de manera que asistía con irregularidad, pues, de todos modos, había perdido su condición de reglamentado. Yo sabía a cuánto me exponía y sin embargo no pude eludir su desvaída amistad. Éramos (tal vez lo seamos aún) de un parecido físico que sorprendía. Durante mucho tiempo la clase entera nos atribuyó un parentesco cualquiera y todavía hoy no falta algún distraído condiscípulo de ese entonces que, al saludarme de paso en la calle, me pregunte mecánicamente por «mi primo».

Pero Lucas y yo conocíamos bien nuestras diferencias, sobre todo yo, que me sentía deprimido por su franqueza casi chocante. Era, claro, de un carácter mucho menos complicado que el mío, y aunque nunca reía escandalosamente ni participaba de la tradicional guaranguería de la clase, parecía hallarse conforme con la vida y con el prójimo, como si nunca se hubiera sentido afectado por el egoísmo de éste o la incoherencia de aquélla. Jamás he podido convencerme de que Lucas no sea capaz de ver y sentir las cosas como en realidad son, y esto me ha llevado alguna vez a atribuir su franqueza, paradójicamente, a un grado infrecuente de hipocresía, de doblez. Pero como, por otra parte, no puedo admitir honestamente que las cosas sólo deban ser como yo las veo, sino que, por el contrario, tanto sus impresiones como las mías pueden estar ingenuamente basadas en apariencias (o sea la parte hipócrita de la realidad), debí y debo quedarme con el Lucas que veo, el Lucas sincero, de una palabra y de una pieza, en el que siempre rebotó cualquier intento mío de desvirtuarlo, de hacerle decir lo que no quería, de hacerle admitir lo que no esperaba.

Lucas no fue nunca un conversador brillante; era más bien un brillante silencioso. Uno se desgastaba frente a su rostro impasible y equívoco, uno decía frente a él cuanto debía y cuanto no, y su silencio, que no parecía obstinado sino natural (como si no hubiera palabras que agregar a cuanto escuchaba), era tremendamente provocativo. Uno hablaba más y más, porque era preciso romper ese silencio, porque era una suerte de tarea sagrada, de ineludible misión, el provocar de algún modo un comentario de su parte. Cuando éste llegaba, uno se arrepentía de haberlo entregado todo a borbotones y sólo entonces advertía su inefable sinsentido.

XI

No fue tarea fácil lograr que Alicia simpatizara con Lucas. Antes de vincular a éste a nuestra amistad, yo le había hecho a Alicia un vívido resumen de sus cualidades. Pero ni el contacto teórico con éstas ni su posterior cotejo con la presencia física de Lucas, interesaron a Alicia lo bastante como para fomentar en ambos una relación cordial. Ella estaba siempre de acuerdo conmigo y en desacuerdo con Lucas. Sus choques eran a veces tan violentos que sólo por razones de educación no desembocaban en el insulto.

Fue precisamente asistiendo a esas discusiones como empecé a confirmar lo que vagamente temía. Era evidente que uno y otra experimentaban el mismo placer al enfrentarse a alguien de su misma clase, de calidad e impulso semejantes. En apariencia, ambos reservaban para mí sus mejores términos de amistad. Lucas tenía siempre disponible una afectuosa sonrisa para estimular mis comentarios. Alicia descansaba de sus arduas discusiones con Lucas para mirarme con una ternura inmóvil que estaba en los alrededores (ni aun entonces me engañaba: sólo en los alrededores) del amor. Era visible que ambos me querían, que me eran fieles y seguirían siéndolo. De eso estaba seguro. Ellos en cambio no se querían; se necesitaban. Y la situación terminaba por humillar el amor y la amistad que me inspiraban.

Yo sabía que era allí su testigo y que ellos también lo sabían y me valoraban como tal. Lo peor era, sin embargo, que no podía atribuirles culpa alguna, desde que yo mismo me reconocía como secundario, y, conscientemente, vegetaba a su sombra.

Los martes y los viernes Lucas no asistía a clase y yo cumplía como siempre mi caminata con Alicia. Pero ya no me era posible recuperar el atractivo que esos regresos habían tenido para mí antes de que apareciera Lucas. Entonces había creído que asistía a la mejor expresión del carácter de Alicia. Pero recién ahora sabía cuánto más podía dar, hasta dónde era capaz de llegar su apasionada tensión, y, por eso, la solicitud demasiado visible con que ella acogía mis palabras, tenía necesariamente que parecerme una atención distraída, de segunda mano, que no me conformaba, pese a que no podía pretender otra cosa.

Los sábados de noche salía con Lucas. Íbamos al cine o al teatro y después nos quedábamos hasta muy tarde en el café. No se me han borrado, ni su delgada figura de entonces, ni su modo peculiar de aplastarse el pelo, ni las raídas solapas de su sobretodo.

Hablábamos muy poco; a veces nos pasábamos largo rato sin decir palabra, cada uno consigo mismo, mirando solamente hacia otras mesas cuando algún desaforado reía con escándalo, o hacia la calle cuando pasaba alguna mujer que valía la pena. Confieso que para mí esas noches eran insustituibles, pero experimentaba con él la misma sensación que con Alicia: estaba claro que Lucas venía a cumplir un *deber* de amistad, especialmente porque intuía cuánto significaba para mí su presencia, aunque ésta se hallase reducida a un silencio tolerante y opaco. No recuerdo que abandonara en alguna ocasión su actitud de simpatía hacia mí, pero tampoco recuerdo que se exaltara, que su rostro se animara como cuando enfrentaba a Alicia.

Siempre me ha fascinado esa capacidad de discernimiento, esa espontánea discreción. Pero nunca he querido —ni hubiera podido, claro— ser como él. Comprendo que éste es, probablemente, sólo un síntoma de la más importante de mis imposibilidades: la falta de ambición e, incluso, de envidia. En el envidioso existe una voluntad, una actitud de esfuerzo o, en el peor de los casos, de capricho, que indirectamente lo hace culto, laborioso, incansable. La envidia es el único vicio que se alimenta de virtudes, que vive gracias a ellas.

Pero yo nunca he poseído ese don maravilloso. El éxito de los otros me ha afectado con frecuencia; me conmueve asimismo el éxito que pude haber tenido. Pero no tengo celos del buen suceso ajeno, ni siquiera del éxito que pudo ser mío. Me golpea —y duramente— como comprobación de mi papel secundario. Nada más que por eso.

XII

Sólo ahora, al escribir la palabra celos, me he dado cuenta —por primera vez— de que mi manifiesta incapacidad para celar a Alicia ha sido una forma de mi incapacidad de envidia. Todavía no sé si en alguna época estuve enamorado de ella, pero esto se debe más bien a que pongo en duda mi aptitud para la vida emocional. Es fatal que yo sitúe mi concepto de los seres y de las cosas muy por encima de su realidad, mis fines a alcanzar mucho más allá del límite alcanzable. Y ello ha pasado a ser algo así como una maldición, una oscura, asfixiante condena.

Cualquier adolescente, cualquier empleadito de tienda, cualquier estudiante rabonero, que hubiera experimentado el tipo de afecto que yo sentí por Alicia, se habría creído en la gloria; y aunque después, como siempre acontece, todo se gastara, siempre le habría quedado el asidero de la evocación, es decir, esa especie de esencia, la única capaz de asegurarnos que más allá de la frontera de nuestra vida vulgar hay otra región, otro país, al que se puede entrar ansioso (sólo como turista, claro, sólo con el ansia curiosa del turista) y cuyo acceso es bueno saber que no se halla vedado. Pero yo, que en ese momento era también un adolescente cualquiera, en nada superior al empleadito o al estudiante, yo que sentía por Alicia una ternura definitiva que ni siquiera ahora me avergüenza, yo no podía creerme en la gloria, porque estaba convencido de que enamorarse era algo más que una espontánea simpatía, algo más que mi ferviente deseo de su presencia, que las doce cuadras de conversación. Adivino, sin embargo, que ha de ser mucho menos.

XIII

Ahora no tendría sentido decir que Alicia era para mí una meta inalcanzable. No podía celarla, porque en ningún momento experimentaba acerca de ella el menor derecho de posesión. *Sabía* que no era para mí. Y aún no soy capaz de reconocer si estaba equivocado.

Alicia leía constantemente; sabía cuanto se opinaba sobre un autor y además tenía su propia opinión formada. Recuerdo que en cierta ocasión me prestó una novela de M. Como casi todos los autores que yo leía, me aburrió bastante. A pesar de ello, quise terminarla. Sólo por Alicia, procuré formarme una opinión, documentarla. Releí el libro llenando los márgenes de señales, de ingenuos pretextos para fijar el interés. Pero cuando, al devolvérselo, empecé a detallar mis impresiones, ella me detuvo con un gesto ambiguo y revelador: «Oh, no te esfuerces». Un detalle insignificante. Sin embargo, experimenté tanta tristeza como alivio. Con ese fracaso había dado fin a mi agitación, a mi disparatado intento de ser ante ella lo que no era ante mí mismo.

XIV

Una tarde, Lucas y Alicia descubrieron la música. Debe haber sido una mutua revelación, la ocasión recíproca que inconscientemente ambos esperaban para reconocerse, para saber a qué atenerse, para acordar con franqueza, pisando por vez primera un terreno firme, el patrón verdadero de sus relaciones.

Lo descubrieron por mí. Salíamos de una clase sobre autores latinos y Alicia me preguntó si podía prestarle *Dafnis y Cloe*. Le pregunté por qué le interesaba. «En realidad», dijo, «no sé si me interesa. No conozco la obra. Simplemente quiero saber qué pudo atraer a Ravel». Este nombre halló a Lucas completamente desprevenido. Su rostro se distendió sin reserva, con la expresión temerosa y feliz de quien no puede admitir la ventura que le cae del cielo. «¿Ravel?», preguntó, como hubiera asegurado: «De modo que tú y yo somos esto, de modo que existe efectivamente *algo* en que podemos encontrarnos». Y aunque para Alicia la revelación no pareció significar la misma sorpresa sino más bien la confirmación de una presentida afinidad, de todos modos el instante fue decisivo y provocó una transición tan brusca en su casi diaria convivencia, en su hábito de discusión, en la mutua estima que, sin haberlo advertido hasta entonces en forma cabal, ya se profesaban, que todo ello pareció rodearlos de un clima de felicidad palpable, de un evidente sentirse a gusto que acabó por contaminarme superficialmente.

XV

No deja de ser curioso que deba recurrir necesariamente a esa época para conseguir la única imagen nítida de Alicia adolescente. Sin duda en ese entonces ella era feliz y su felicidad obraba automáticamente como fijador. Lo cierto es que no debo esforzarme para recordarla en su chaqueta de gamuza, con una gastada boina roja y un pañuelo de seda demasiado sobrio (más adecuado para un correcto cincuentón que para acompañar su rostro alargado, de mejillas expuestamente pálidas y suaves, y labios finos, casi recelosos), hablando despreciativamente de Saint-Saëns, como si en realidad no lo admirara, y entusiasmándose con Stravinsky, como si en verdad lo comprendiese.

No puedo evitar cierta amargura cada vez que recuerdo que nunca he recibido directamente la felicidad de Alicia, sino que siempre me llegó de afuera. He sido un espectador, nunca estuve incluido en sus zonas de alegría. Sin embargo, eso hizo posible una rara objetividad en mis juicios acerca de Alicia, objetividad que se prolonga hasta hoy, cercanos como estamos a una probable crisis.

Todavía ahora creo estar en condiciones de medir todo este proceso fríamente, imparcialmente, tal como debe medir Lucas las actitudes y los problemas que preocupan a los personajes de sus cuentos.

Con todo, creo que Lucas necesita un poco más de realidad *real*. Sus relatos parecen siempre demasiado vividos, pretenden ser meras experiencias acentuadas, y sé que él mismo siempre que puede lo reclama así. Sin embargo, la realidad es mucho más vulgar, más mediocre, más chata. Yo, por ejemplo, estoy instalado en la realidad, y, por eso mismo, no podré ser jamás un personaje de Lucas. Que él haga algún día un cuento conmigo, con algo de mí, es la única oportunidad que tengo de llegar a ser un tipo brillante. Sí, tal vez si Lucas me tomara como personaje, yo sería un brillante, uno que se retrae sólo por modestia, no por incapacidad; uno que deja hacer por generosidad, no por impotencia. Seguro que ni yo mismo reconocería en ese retrato al impenetrable egoísta, al incurable cobarde que soy. Es que el arte jamás deja de ser una mentira; cuando es verdad, ya no es arte y aburre, porque la realidad es sólo un irremediable, absurdo hastío. Por eso todo se me convierte en un callejón sin salida. La estricta realidad me aburre, y el arte me parece hábil, pero nunca eficaz, nunca legítimo. Tan sólo un ingenuo recurso que ciertos tipos desengañados, sinvergüenzas o melancólicos usan para mentirse o, lo que es peor aún, para mentirme. Y no quiero mentirme. Quiero saber todo acerca de mí mismo.

XVI

La víspera de Navidad de 1934, Alicia se fue con su familia para el interior. Por cuatro años sólo recibí de ella alguna postal y una carta puntual en cada cumpleaños. Por otra parte, Lucas y yo nos separamos en Preparatorios y sólo nos veíamos accidentalmente, como si la presencia de Alicia hubiera constituido el único nexo de nuestra amistad o, quizá mejor, como si nuestra amistad hubiera sido el pretexto para conservar la presencia de Alicia.

Nunca he podido apegarme definitivamente a nadie en particular; nunca he necesitado, no sé si para bien o para mal, el rebote afectivo de los otros. Sin embargo, en los primeros tiempos sentí cierto fastidio y a la vez cierto deleite en el hecho de estar solo. La falta de Alicia, la opresión que esa falta me producía, constituía para mí una suerte de enamoramiento, quizá el único que me era (y aún me es) permitido. Un enamoramiento tan opaco, lo reconozco, que jamás llegaba a emocionarme ni a avivar mi ternura, pues sólo en raras ocasiones mi moderada nostalgia me llevaba a pensamientos como éstos: «Me gustaría que ella estuviera aquí» o «¿Qué diría Alicia de esto?» o «¿Qué estará haciendo ella en este instante?».

Pero toda probabilidad quedó disipada el día en que me sorprendí preguntándome qué opinaría Lucas sobre algo, pues evidentemente yo no estaba enamorado de Lucas.

De modo que poco a poco me fui acostumbrando a prescindir de ellos, y el esfuerzo que ahora me cuesta reconstruir toda la situación, demuestra que también el pasado se había vaciado de sus imágenes, que había sabido prescindir de mi propio recuerdo.

XVII

Una sola conversación mantuve con Lucas en ese lapso. Fue a los tres años de haberse ido Alicia. Un sábado de noche estaba en el café y Lucas apareció con siete u ocho tipos. Se sentaron todos alrededor de una sola mesita circular.

Lucas ya había empezado a publicar sus cuentos y gozaba de un misterioso prestigio que iba bastante más allá de la calidad que exhibía. Nunca he podido explicarme el crédulo respeto con que, ya en esa época, se mencionaba su nombre. Para aquella pandilla de oportunistas y holgazanes, que cultivaban el soneto y la nota bibliográfica, no por especial vocación sino por su genérica brevedad, un tipo como Lucas, que se atrevía a escribir cuentos de quince o veinte páginas, constituía algo tremendamente serio, digno de la mayor consideración, antes aún de entrar a medir si lo que escribía era bueno, mediocre o abominable. Estoy convencido de que su ascendente renombre se ha apoyado siempre en su audacia para escribir largo y tendido, ni siquiera ayudada, como en otros casos, por un ingenio verbal. En cualquier rueda, y por lejos que llegaran sus amigos en las mejores discusiones, Lucas permanecía comúnmente callado, con un silencio significativo y prestigioso, que podía representar muchas aprobaciones y censuras, como pensaban los optimistas, o también un soberano aburrimiento, un no tener nada que decir, como pensaba yo y tal vez pensaba él.

De aquel aburrimiento emergió Lucas para acercarse a mi mesa. Sin duda en ese momento representé un escape, algo desacostumbrado en su presente de entonces. Por eso se sentó frente a mí con un gesto imperceptible de complicidad, como si me invitara a liberarlo de aquellos pelmas.

Nunca imaginé que Lucas pudiese hablar tanto tiempo conmigo, pero menos aún que pudiese hablar conmigo, acerca de Alicia, en aquel tono confidencial.

No me preguntaba, sólo afirmaba: «Deberías comprender que la amistad con Alicia fue para mí una especie de revelación. Lo más curioso es que la revelación no fue ella sino yo». Yo también lo sabía. Siempre me pareció que Lucas era uno de esos tipos que no pueden entregarse, que todo lo ven, lo escuchan, lo palpan, lo huelen, en función de sí mismos. Bueno, yo tampoco me puedo entregar. Pero es tan diferente.

«Alicia me ha servido para conocerme, para ver hasta dónde podía llegar. Generalmente guardo silencio: acaso te hayas preguntado por qué. La verdad es que no tengo nada que decir. De todas las cosas que escucho, nada hay que me provoque, nada que me empuje a intervenir. Ahora mismo estoy hablándote y lo hago porque me lo he propuesto así, porque me gusta haber hallado a alguien que conoce a Alicia, pero no por ti, no por el diálogo que podríamos mantener, porque demasiado sé cuánto me puedes decir, cuánto puedes dar de ti mismo y, francamente, no me interesas.»

No precisaba decírmelo. Yo también estuve siempre enterado de que no intereso. Sin embargo, ésta fue una de las cosas más crueles que he oído jamás. No me ofendió. Ni Lucas ni Alicia pudieron ofenderme nunca. Pero renocozco que esa frase suya marca un recrudecimiento de mi indiferencia, de mi actitud pasiva, desganada. Estoy seguro de que si Lucas lo dijo así, tan brutalmente, fue debido tan sólo a su falta de práctica en la conversación, a su escasa familiaridad con ciertos trucos, con ciertos efugios que los hábiles conversadores emplean para decir lo más insultante, en lenguaje de máxima cortesía. De modo que no fue la frase concreta lo que me rozó, sino la verdad que ella encerraba; nos mentimos, nos adulamos tan explícitamente, que cualquier verdad nos provoca siempre un tremendo escozor, nos saca fuera del tiempo y del clima en que sin pena ni gloria vegetamos.

«Con Alicia en cambio, sucedía lo contrario. Y lo contrario era algo insólito para mí. Ella, y cuanto dice, siempre me han provocado. Jamás he sentido que mi inteligencia se estirara tanto, diera tanto de sí, como cuando precisaba dar una urgente respuesta a alguna de sus agudezas. Ése es el único estímulo que uno precisa.»

Recuerdo haberle preguntado si eso significaba que la quería. «Ya me he interrogado al respecto», dijo. Nunca podría decirle nada nuevo. Nunca podría interesar a nadie. «Y, francamente, no puedo saberlo. De dos cosas estoy seguro: me interesa y la necesito. Lo demás no sé hasta qué punto puede importar.»

XVIII

El regreso de Alicia, en junio de 1939, fue ignorado por mí hasta fin de año. Después supe que en esos seis meses ella había salido regularmente con Lucas, que habían concurrido con frecuencia a conciertos y que, además, ella le acompañaba a su peña habitual. Nada de eso me sorprendía. Siempre me ha enorgullecido haber sido el primero en descubrir que Lucas y Alicia estaban hechos de la misma materia. Aún hoy, en tan diferentes circunstancias, sigo creyendo lo mismo. Ellos, en cambio, se han obstinado en equivocarse, en no admitir esa atracción recíproca.

Admito que en esta época tiene su inesperado origen la mayor debilidad de mi vida, la más lamentable de mis claudicaciones. Sólo puedo invocar en mi descargo mi absoluto convencimiento de que las relaciones entre Lucas y Alicia eran cada vez más estrechas y constituían desde ya una unión virtual. Alguna vez oí hablar —por amigos suyos más que míos— de ese vínculo que a todos inquietaba. Nadie sabía si eran novios, amantes, amigos. Ellos se tenían por lo último, y ahora estoy seguro, intuitivamente seguro, de que jamás transgredieron la frontera indecisa de la amistad, pero en su trato diario se permitían ademanes, secretos, familiaridades, que en cierto modo justificaban las tímidas sospechas de aquellos impagables desprejuiciados, que intermitentemente coqueteaban con la mojigatería. No figuraba yo entre éstos y no creía en una unión irregular. Más bien estaba convencido de que ambos tendían lentamente hacia el matrimonio y por una vez la institución me parecía adecuada, en estable equilibrio.

En febrero yo debía liquidar una previa y concurría regularmente al Jardín Botánico, donde pasaba dos o tres horas estudiando, instalado en una provisoria soledad; a menudo me prometía volver allí, en cuanto pasara el examen, para disfrutar de la misma sin limitaciones, dejando tan sólo que transcurriera, que me rodeara como un cerco de contemplación.

Creo aún que ésa hubiera sido una imitación bastante moderada de una dicha sin pretensiones, pero no pude ni siquiera rozarla. De ahí que todavía me parezca viva, que todavía admita su vigencia de entonces, ya que no la he destruido jamás con su cumplimiento. La única felicidad que parece posible no es tan sólo la que no se cumple sino la que nunca podría haberse cumplido.

En el Jardín Botánico volví a hallar a Alicia. De no haberme llamado por mi nombre, creo que no la hubiera reconocido. Nos habíamos dejado de ver en una de esas épocas de emoción y arrepentimiento, en que varias direcciones parecen probables. La muchacha que yo recordaba era una entusiasta, una vacilante y alegre conspiradora. Esta que ahora enfrentaba era una mujer fuerte, de una entereza —y eso era lo extraño— en que el dolor no había tenido parte. Alicia se había hecho fuerte por sí misma, como si la atenta observación de la miseria ajena le hubiera bastado para crear sus defensas. Y éstas eran extrañamente apropiadas, tenían esa rara consistencia que sólo el sufrimiento es capaz de otorgar.

Lo más curioso en nuestro triángulo de relaciones era que cuando dos de nosotros estábamos juntos, hablábamos inevitablemente del tercero. Ni siquiera puedo admitir que no hablaran de mí cuando yo era el ausente. Estoy seguro de haber sido el obligado tema de sus conversaciones. Tan seguro, que buena parte del cambio operado —a partir de entonces— en mis relaciones con Alicia, lo atribuyo casi exclusivamente a lo mucho que de mí habrán hablado ella y Lucas. Seguramente Lucas me elogiaba (yo también lo elogiaba al conversar con Alicia; el ausente era siempre el mejor), seguramente Alicia se convencía de que era yo el mejor de los tres y, por ende, el mejor de los dos: Lucas y yo, que al fin de cuentas era la selección que importaba.

Hablamos, claro, de Lucas, pero todo aconteció tan pronto que no hubo tiempo de que él pasara a ser el mejor de los tres. Mis primeros elogios de Lucas no alcanzaron a cubrir los muchos elogios acerca de mí mismo que Lucas y ella habían elaborado en seis meses de encuentros. De modo que cuando pregunté: «¿Y cuándo te casas?», pensando en Lucas y ella, y Alicia contestó: «Cuando quieras», refiriéndose a ella y a mí, la mera posibilidad de que no hablase en broma, de que todo dependiera exclusivamente de mí, esa mera posibilidad bastó para entorpecerme, para anular mi capacidad de raciocinio, para hacerme olvidar mis alardes de sinceridad, mi sostenida política de indiferencia ante la vida. Por un momento tuve la sensación de que tenía ese poder en mis manos, de que yo era el dueño de la decisión. Y así hablé y obré, como dueño de Alicia y de las circunstancias. No obstante, mi poder era ajeno; la decisión, ajena; Alicia, ajena también. Ni siquiera yo era dueño de mí mismo.

Lucas abandonó Montevideo tres meses antes de mi casamiento con Alicia. La última vez que lo vimos, nos dijo que había conseguido un empleo en Buenos Aires, que se iba a fin de mes, que suspendería momentáneamente sus estudios, pero que pensaba volver a mediados del año siguiente. No obstante, se fue esa misma noche, y hasta ahora no me he enterado de que en alguna oportunidad haya regresado.

XIX

Hace un momento tuve la intención de registrar la vuelta de Martín; luego, la de la nena. Martín, con los ojos irritados por la tarde de cowboys, me besó con un sueño terrible y se metió en la cama. Adelita, en cambio, se sentó muy juiciosa frente a mí y me preguntó qué escribía. Creo que Adelita es la única persona en el mundo que a veces me comprende, pero que dejará de comprenderme el día en que pierda su problemática inocencia y empiece a convencerse de su ingenio. Ése es el instante crítico en que todos nos volvemos idiotas. «Le escribo a tu madre», le dije. Sin embargo, no era totalmente mentira. La carita de mi hija posee una ternura de animalito, una ternura que nunca es calculada, que le brota tan espontáneamente como el llanto o los mocos. Ella sabe lo que quiere y siempre lo dice. Pero no es demasiado animosa. Quiero decir que no tiene fuerzas para aguantar durante largo rato el optimismo. Su decepción se caracteriza por un mohín conmovedor, que es la única tristeza crónica que me resulta insoportable. «Decile que abuelita la estuvo elogiando.» En realidad, eso era mucho más amable que si me hubiera hecho la clásica recomendación: «Ponele muchos besos», porque la verdad es que *abuelita* no la elogia nunca.

Martín jamás me desconcierta. No es muy inteligente ni sensible y gozará despreocupadamente de la vida; vivirá sin enterarse de su insignificancia, y ésta es una variante, acaso la única posible, de la felicidad. Adelita en cambio estará siempre enterada de sus inhibiciones. Estoy seguro de encontrar en ella resonancias cada vez más directas de mi modo de ser. Lo peor de todo es que me agrada la perspectiva de esa resignada, sombría comunión. «Bueno, hasta mañana», dijo, y se fue, sin besarme. Oh, camarada.

XX

En realidad, nuestro matrimonio carece de historia. Tres o cuatro hechos claves, tres o cuatro recuerdos fundamentales, que otorgan algún sentido a esta crisis, a este domingo. Nada más.

Dos noches antes del primer aniversario, yo estaba tendido sobre la cama y Alicia entró en la habitación. La llamé y pareció sorprendida. Pero vino y se sentó junto a mí. Su primer embarazo entraba en el sexto mes, aunque la deformación de sus facciones y de su cuerpo no era todavía demasiado evidente. Dije alguna frase cariñosa referida a su preñez o al niño o a ella misma. Sonrió sin demasiada convicción, como si a duras penas tolerase mi interés y mi afabilidad. De pronto me asaltó la sensación de que toda mi ternura era obligada, de que en el fondo me importaban un cuerno ella y su embarazo. Y decidí jugarme el todo por el todo: decidí abandonarme —por ese instante, al menos— a lo que mi cuerpo o mis sentidos o tan sólo mis nervios, espontáneamente, me llevasen a hacer, a no agregar de mi parte ningún estímulo intelectual, ningún acuciamiento de la razón. Nos quedamos en silencio: yo echado, mirando las manchas del cielo raso; ella recostada en las almohadas de su cabecera. No la miraba, pero de algún modo era consciente de que ya no sonreía, de que me contemplaba como si yo fuera una foto de un álbum, como se mira a un rostro que fue algo importante y ya no lo es o desapareció simplemente de nuestro destino, pero que todavía sirve para recordar alguna lección ya prescrita y sin gracia. Su inmovilidad no era agresiva; constituía sólo la repentina obtención de una inútil, tardía lucidez. No cabía refugiarse en la angustia, porque todo estaba claro. Yo no me movía. Ni la cabeza ni el brazo ni un solo dedo. Ninguna parte de mi cuerpo pugnaba por acercarme a esa mujer que sin embargo estaba en camino de adquirir la dignidad un poco cursi y conmovedora de *madre de mis hijos*. Estuve a punto de decírselo, estuve a punto de ejercer una tímida crueldad, pero me di cuenta a tiempo de que tampoco eso iba a ser un éxito. Y entonces se cerró el círculo y volví a mi cobardía, a esa cobardía de palabras amables, de gestos cariñosos, de marido cabal. Pero cuando empecé a pasar mis dedos por entre el pelo de Alicia, y ella recuperó la antigua sonrisa sin convicción, a modo de problemática defensa, yo había descubierto que mi ternura era forzada, constantemente reconstruida sobre la vana posibilidad de un amor que no podía corresponderme y que, por lo demás, en ningún momento recibía.

XXI

El segundo recuerdo fundamental viene a propósito de la fiebre tifoidea de Adelita, cuando acababa de cumplir los cinco años. Reconozco que esa vez estuve cerca de la desesperación. Es cierto que bebí más de lo aconsejable. Es cierto que esa noche, cuando parecía que aquel agobiado cuerpecito no iba a resistir más, infringí las normas corrientes de la resignación, hablé largo y sin sentido, gemí y maldije de todo y de todos. Alicia, que había pasado la semana entera sin salir prácticamente del dormitorio de la nena, tuvo fuerzas para arrastrarme hasta el viejo sofá del cuarto de huéspedes, y allí empezó a hablarme con una voz quebrada que yo desconocía. No hablaba de nuestra hija ni de mí ni de sí misma. Decía cosas sencillísimas acerca del destino, de la muerte, de la desesperación. En cualquier otra oportunidad, ahora mismo quizá, todos esos lugares comunes servirían tan sólo para fastidiarme. Pero en aquel momento nada mejor me podía acontecer.

«Para quien no tiene religión no existe una intensidad especial de abatimiento. Fíjate que toda la vida está abatida, que toda la vida es desesperación.» La casa estaba silenciosa. No se oía más ruido que el de los tranvías lejanos o el letrero chirriante de la farmacia, como en todas las otras noches, buenas y malas. Verdaderamente, nada había cambiado. Adelita muriéndose y yo desesperado, éramos tan sólo la confirmación de que el mundo es un callejón sin salida, una trampa sin código, un excesivo y bárbaro caos. «El único consuelo es entrar en el caos, volverse caótico también», decía Alicia. Levanté los ojos. Sólo en ese instante reconocí mis palabras. Eran mis palabras de siempre las que ella pronunciaba. Recién entonces comprendí cuántas veces la había cansado con mis ordinarios, estériles axiomas. Ahora se vengaba consolándome, y estaba, naturalmente, en su derecho.

XXII

Mi *suicidio* constituye el centro de mi tercer recuerdo fundamental. Nunca pensé que ese escape fuese algo despreciable. Sin embargo, no lo asimilaba ni a la cobardía ni a la temeridad. Debía constituir algo irremediable, representar la solución no buscada sino impuesta por las circunstancias, o simplemente por el asco de vivir. Claro que ese asco no me sobrevino como una bocanada, sino que me fue invadiendo lentamente, acentuando la incomodidad que siempre experimenté frente a mí mismo. Pero tampoco era asco, sino aburrimiento.

Durante la fe, durante la duda, el hastío nos visita como el sueño: en el instante en que la voluntad afloja su tensión. Pero cuando la fe y la duda se dejan descubrir en su ingenua, profunda relación, y sobreviene el asombro ante la absurdidad de la existencia, ante la maravillosa indiferencia de Dios, uno recupera la calma para siempre, y la calma para siempre es el hastío.

En realidad yo no estaba tan seguro de no haber buscado la solución, pero así y todo quería creerlo. Quería creer que la muerte se abría ante mí como la única puerta en un recinto asfixiante. No estar; así se resumía la esperanza.

Hace cuatro años. Los chicos se movían a mi alrededor como testigos. Adelita parecía interrogarme con sus ojos turbados y apremiantes. Hasta Martín, que tenía muy pocos años, estaba inquieto, y una tarde se acercó corriendo y me tomó fuertemente la mano y yo no podía conseguir que me soltase. No estar. Sólo Alicia permanecía indiferente, ajena, y yo pensaba: «Si ella no se da cuenta, será que aún no estoy acabándome; porque, entre todos, ella es la más cercana, la que primero debería intuirlo». Sin embargo, me hallé de pronto haciendo los preparativos, los groseros, inevitables preparativos que consisten en preferir el cianuro al revólver, el lunes al viernes, y que hicieron que me sintiese más ridículo que nunca, como si hasta mi muerte hubiera estado condenada a la cursilería y a la mediocridad.

Llegué a convencerme de que no pasaría del lunes, pero el sábado, a la hora de la siesta, sobrevino la crisis. Primero me sorprendí tratando de establecer por qué había fijado el lunes y no otro día cualquiera. Durante una larga media hora nada se me aclaró; después de todo, me resultaba divertido investigar en esas circunstancias la raíz de mis preferencias. Pero de pronto empecé a dudar y finalmente desemboqué en una evidencia tan estúpida como reveladora. Había elegido el lunes ¡para poder ir el domingo al Estadio! ¿Entonces? Lo único notable era que esa estupidez me revelaba una oscura voluntad de supervivencia. Pero se me ocurrió ponerme a prueba de otro modo. Traté de fijar duramente la imagen de aquella habitación (con la cama, el ropero, las sillas, la cómoda, los cuadros) sin la conciencia de mi cuerpo tendido, y luego, por extensión, intenté imaginar cómo iba a ser el mundo sin mí, qué semblante iría a tener la vida de los otros en mi ausencia, cómo iba a ser la nada, *mi nada*. Entonces sentí una fuerte opresión en el estómago y tuve que inclinarme violentamente hacia un costado. Mi desmayo debe haber durado unos minutos. Recuerdo que cuando abrí los ojos, el suelo estaba a veinte centímetros de mi cabeza. Y allí también, horriblemente cerca, los zapatos, los calcetines y mi vómito.

XXIII

Me he desviado otra vez. ¿Qué tiene esto que ver con el viaje de Alicia? Esos *recuerdos fundamentales* demuestran, en todo caso, que durante mi etapa matrimonial viví en una constante incomodidad, acentuada tal vez por mi cobardía, por mi absoluta carencia de ambiciones. Pero el problema no es tan simple; debo confesarme que lo he planteado mal. Esta crisis deriva de un convencimiento paulatino: que Alicia siempre ha preferido a Lucas. No veo ninguna maniobra de su parte en el simple hecho de que aparentemente me haya elegido. Es cierto que pasó por una terrible confusión. No pudo ver claro, eso es todo. Pero el verdadero responsable siempre he sido yo. Aun entonces sabía que esto no podía ser; sin embargo, cerré los ojos, simulé que creía lo increíble, arremetí contra mí mismo. Soy evidentemente el único culpable, y ningún arrepentimiento de mi parte conseguirá para Alicia el tono de felicidad que pudo haber obtenido once años atrás. En la actualidad puede aún recuperar a Lucas (me encuentro tan ridículo pensando: ¡ojalá!), pero no sé hasta qué punto será Lucas el mismo de antes, no sé si podría mantenerse un precario equilibrio en sus relaciones, abrumadas por un pasado de corriente pesadilla, por dos hijos que existen como un problema vivo, por mi presencia que seguirá pesando y a la que —pese a toda mi buena voluntad— no les será fácil eludir. He pensado también que la única solución sería que ellos se sintieran *culpables*. Si yo desapareciese espontáneamente de la escena, si les dejase sin más el campo libre, esa actitud tomaría para ellos el nombre de *sacrificio*. Y el sacrificio tendría dos consecuencias inmediatas: por una parte, cierto matiz del arrepentimiento y de la gratitud contribuiría a idealizar mi figura, a exagerar el significado de mi renuncia; por otra, esa misma idealización iría en detrimento de su recíproca estima, se sentirían *objetivamente* culpables (culpables sólo de pasividad), no cómplices. Es, pues, fundamental que ante sus ojos no me sacrifique (¿acaso me sacrifico ante los míos?).

Cuando el escribano me hizo saber que Alicia o yo, o mejor ambos a la vez, debíamos trasladarnos en seguida a Buenos Aires para liquidar de una vez por todas la casita de Belgrano (mi padre jamás la hubiera malbaratado, pero no importa), pensé que las circunstancias acaso decidieran por mí. Bastaba con que viajara yo para asegurar la continuidad de este estado de cosas, absurdo e indeciso. Por el contrario, una breve estadía de Alicia en Buenos Aires implicaba un obligado encuentro con Lucas y, por tanto, una posible definición. Creo que admití con sospechosa vehemencia la solución propuesta por el escribano; un poder extendido a favor de Alicia permitía, por una parte, que ella se distrajese e hiciera algunas compras, y, por otra, no me forzaba a abandonar mis compromisos en Montevideo. Pero así como me dejé tentar por esa ocasión única e inesperada, estoy seguro que de mí no hubiera partido jamás la iniciativa de provocar un encuentro de Lucas con Alicia. No sé aún si he procedido bien. Pero tal vez sea éste el único modo de no sacrificarme frente a ellos y, sobre todo, de saber hasta qué punto continúan necesitándose.

He enviado a Lucas un recado pueril; claro que sin recomendar a Alicia que lo busque especialmente. Pienso ahora que este encuentro habrá estado rodeado de muy particulares circunstancias (once años en blanco, deseos primero reprimidos y luego definitivamente desechados, etc.) y es muy probable que haya provocado en ellos un estallido emocional que mi ausencia no habrá alcanzado a evitar. Entonces sí se sentirán culpables (*subjetivamente* culpables) y, sobre todo, cómplices (culpables con un papel activo, común a ambos).

Evidentemente, sólo la complicidad puede salvarlos. En vez de sentir gratitud y arrepentimiento, experimentarán —en el mejor de los casos— un poco de desprecio, se referirán a mí como al *pobre Miguel* y cambiarán algún guiño alegre cuando comenten mis once años de inercia.

En definitiva creo que hice bien en dejar que fuese Alicia sin mí. Creo que hice bien en escribirlo todo.

Son las once de la noche y los ojos me arden. Estoy satisfecho, sin embargo. He realizado mi único principio: ser el más sincero de los mediocres; el único consciente de su vulgaridad.

XXIV

Hace una hora y media dejé de escribir, convencido de que lo había dicho todo. Sin embargo, he releído línea a línea cuanto escribí este domingo, y... ¿cómo pude ser tan cretino?

No he mencionado a Teresa ni una sola vez. Mas no es sólo esto: he concluido pomposamente mi larga lamentación con un alarde estúpido de sinceridad. Pero, ¿estoy escribiendo para mí mismo, para ver más claro, para ser consciente? ¿O acaso alimento cierta esperanza, que no me atrevo a confesarme, de que alguien recorra alguna vez este cuaderno y todo mi relato tienda por eso a ser una tardía justificación, una defensa ante ese posible, ignorado lector? Recuerdo la repugnancia que me produjo, hace ya muchos años, la lectura del diario de María Bashkirtseff desde el momento en que (sin confesárselo en forma explícita, es decir, manteniendo las apariencias de diario íntimo) deja de escribir para sí misma y empieza a anotar para la posteridad. ¿Estaré falseando yo también mi retrato íntimo, la verdad estricta acerca de mí mismo? ¿A quién pretendo engañar? ¿A qué posteridad?

Después de todo, mis relaciones con Teresa no son inconfesables. Debería avergonzarme mucho menos un vínculo así, con una mujer primaria, elemental —que goza, razona y actúa en función de su cuerpo, que está hecha del más legítimo, del más puro sexo—, que mi unión oficial con Alicia. Alicia y yo hemos perdido la gracia, hemos perdido esa ceguera virtual que concede el amor cuando nos inaugura. Hace ya demasiado tiempo que somos lúcidos y desgraciados.

Sumergirme en la existencia de Teresa, instalarme cada cuatro o cinco días en su pequeño apartamento de la calle Mercedes, significa aproximadamente una liberación, una liberación grosera, claro, pero sin duda la única que merezco, la única que puedo disfrutar. Lo cierto es que cuando veo, desde el sillón imitación Bergère, la actividad que despliega Teresa para hacer un plato especial, a mi gusto, o cuando recorro, palmo a palmo, su cuerpo franco, sincero, sé que poseo toda la Teresa posible, que ella es eso y nada más; no sé por qué, pero, me siento paternal e importante, y mis caricias son aproximadamente una concesión.

La verdad es que así me veo protegido contra mí mismo, contra mi cobardía, contra mi miedo. Siempre que alguien me ha convencido de que mi palabra vale por sí misma, de que mis actitudes pueden influir, no he podido sustraerme a una clara sensación de bienestar. Es prodigioso el efecto que me produce hallar que alguna persona depende de mí y vive atenta a mis reacciones, pendiente de mis consejos. En cambio, Alicia no depende de mí; es decir, depende sólo en cuanto se relaciona con sus limitaciones; pero dentro de las fronteras que le impone este vínculo, ella vive su propia existencia, en la que no intervengo. El mayor —y único— reproche que le hago es, pues, esa horrible ajenidad a que me condena; esa convicción de que, en último rigor, nada tengo que ver con ella.

Con Teresa sí tengo que ver, pero —claro— no me satisface. No puedo dejar de unir mentalmente a Alicia con mi concepto acerca del mundo. Al menos, ella es el mundo que he deseado conquistar y al cual he permanecido ajeno. Teresa me pertenece, pero Teresa es un cuerpo, no el mundo.

Cierta vez, en rueda con dos matrimonios amigos, y después que todos hubimos dejado constancia de innumerables recelos y lugares comunes, una de las mujeres le preguntó a Alicia: «¿Qué harías si un día supieras que Miguel tiene una querida?». «Comentarlo contigo», dijo ella. Claro, fue para no decir nada y, además, para desorientar a la insidiosa. Seguramente, no hubiera permanecido tan serena; alguna vez he estado a punto de comunicarle, mediante un anónimo, mis relaciones con Teresa. Pero, entre todos los temores que frecuento, el miedo a las situaciones violentas es el que mayor inquietud me produce. Tengo la impresión de que mi infidelidad constituiría un paradójico mérito a los ojos de Alicia; al fin de cuentas, una muestra de frágil machismo, de malentendida virilidad. Mas, a pesar de todo, se indignaría. No sé por qué, pero estoy seguro de que se indignaría. Acaso me sentiría satisfecho, viéndola por una vez perder la calma. Y la perdería, seguro. No por mí, no por cuanto pudiera yo haberla querido, sino por sí misma, por la pérdida de ese falso equilibrio que todavía le permite mentirse y convencer a la conciencia espuria, y hasta condenarme, despreciativa y tiernamente, a digerir su nostalgia de Lucas.

Tal vez hice bien en anotarlo todo. Esto de ahora se parece al odio. Por fin.

Pero entonces no existe el sacrificio. La verdad —ahora lo veo— me convierte en un crápula. He enviado a Alicia, no para ayudarla a recuperar a Lucas, sino para ayudarme a desprenderla de mí, para poder sentarme tranquilamente en el sillón de Teresa; y también para liberarme, gracias a su agradable ignorancia, a su cuerpo tangible, a su simplicidad. Esto es lo cierto. Me pregunto si no habré hallado finalmente mi vocación, mi razón de existir. Porque (soy el primero en asombrarme) no me incomoda sentirme cretino.

Segunda parte

«Alicia»

Querido:

Me he decidido. ¿Hubiera sido mejor discutirlo frente a frente, con la mayor serenidad posible? Tal vez, pero no importa. Podría decirte, claro, que las mujeres somos todas cobardes, pero la única verdad es que no hubiera podido enfrentar tu aturdimiento. En definitiva, ésta es la revelación: *No puedo más, me voy con Lucas.* No pienses lo peor, te lo ruego; no soy eso. Paulatinamente llegarás a aborrecerme, pero de cualquier manera quiero explicarte todo, aunque para ti no haya explicación.

Hemos incurrido en varias faltas, pero vislumbro que nuestra gran equivocación, la más irremediable, ha sido el no hablar nunca de ellas. La única franqueza posible, la que poseen la mayoría de las parejas que diariamente se insultan, se maldicen y disfrutan por igual sus etapas de odio y de apaciguamiento, ésa la hemos perdido. Ellos están poniendo constantemente al día el retrato del otro, saben recíprocamente a qué atenerse, pero nosotros estamos atrasados, tú respecto de mí, yo respecto de ti. Los últimos datos que poseemos, si es que poseemos alguno, del tiempo de la franqueza, son tan antiguos que es como si vinieran de seres ajenos, desconocidos. Acaso ya no sea factible actualizarnos y estemos destinados a conservar del otro un falso recuerdo, a odiar y añorar lo que no hemos sido o, quizás, sólo lo peor de cuanto hemos sido. Estoy segura de que me desconoces, segura de que te desconozco. Quién sabe cuánto de bueno y *amable* hubo en ti y en mí, una felicidad asequible, potencial, en la que nunca hemos reparado. Pero ya es tarde. Me he decidido.

Ahora es horrible que te lo diga (yo también me doy cuenta), pero alguna vez te he querido de veras. Esto debe sonarte como una campana rota; sin embargo, es decorosamente cierto. A menudo pensaste, sin alterarte, con tu calma de siempre, que yo quería a Lucas, pero que no podía con mi vergüenza, que me había equivocado eligiéndote y ahora pagaba mi error. Pero eras tú el equivocado. Cuando te elegí, y antes de elegirte, me gustabas. Siempre me gustaste, me gustas aún.

Entiendo perfectamente cuál fue el malentendido. Como yo discutía con Lucas, como me entusiasmaba contradiciéndole, como nos estimulábamos recíprocamente a arrojarnos las mejores agudezas, y como, por otra parte, contigo no había conflicto, interpretabas eso como un profundo interés de mi parte por las cosas de Lucas y una clara indiferencia hacia ti y tus opiniones. No se te ocurriría pensar que la otra interpretación posible —y, en definitiva, la verdadera— permitía conjeturar que tú y yo éramos demasiado semejantes para estar en constante pugna, que me gustaba discutir con Lucas pero que apreciaba mucho más la sencilla paz de nuestras conversaciones. Para mí, nuestro amor estuvo siempre sobreentendido (el primer gran error, el primer silencio fallido acerca de algo que debimos decir, sin temor a nuestro ridículo privado; después me he convencido de que el amor tiene siempre, inevitablemente, algo de ridículo) y no había por qué gastar en palabras esa dicha todavía insegura, que parecía siempre próxima a desmoronarse.

A mí me bastaba darme vuelta y cerrar los ojos, y entonces entraba en casa con la convicción de tu rostro, de tu figura espigada y conmovedora, del brazo en alto agitando los libros.

Y no había nada para comentar, pues al día siguiente llegaba tarde a la clase y estabas sentado allá adelante y miraba tu nuca rubia e indefensa y eso bastaba para recuperar mi tranquilo enamoramiento y esperar de nuevo tu compañía hasta casa y cerrar los ojos y otra vez tenerte.

Nunca pude entender por qué insistías en acercarme a Lucas. Era un intruso, pensaba, y quería rechazarlo, quería negarlo antes de que el ilimitado prestigio suyo que me trasmitías, penetrase forzosamente en nuestra disgregada seguridad. Era, por razones obvias, el representante de lo ajeno, de todas las potencias en acecho que iban a desvirtuar para siempre nuestra felicidad modesta, inconfundible, y ya lo execraba antes de conocerlo, lo odiaba sobre todo porque no *podía evitar* conocerlo. Lo aborrecí fielmente, escrupulosamente, aun después que hube enfrentado su aire desafiante y melancólico, su agresivo modo de sonreír y de callarse, su balanceo mientras escuchaba, sus manos en los bolsillos, su cautela y sus presentimientos.

Acaso te deba un poco de admiración, porque corriste el riesgo. Sin embargo, ese mismo riesgo te intimidó, te obligó a juzgarte mezquinamente, a creerte destinado a perder. Yo discutía con Lucas, hablábamos a los gritos, y sentía, presentía que estabas efectuando comprobaciones imaginarias, que habías descubierto no sé qué afinidades, no sé qué conexiones profundas y secretas que nos relacionaban a perpetuidad. Mi empecinamiento consistió en no ceder, en conseguir implacablemente un clima de violencia y, lo más desgraciado, en no aclararte nada, en esperar que vieras. Pero no sentías celos ni rabia, ni siquiera impaciencia; estabas tan seguro, tan enternecedoramente seguro y derrotado.

A veces me he preguntado de quién o de dónde te vendrá ese modo oblicuo de vivir la vida, que te hace a la vez tan atrayente como despreciable. Ni favoreces la corriente ni te opones a ella. Siempre eliges el sesgo más incómodo, el de testigo implicado.

Querido, nuestro matrimonio no ha sido un fracaso, sino algo mucho más horrible: un éxito malgastado. Toda la felicidad de que disponíamos, que era más sutil de lo que se estila; todo nuestro amor, que era más honesto que nuestro miedo, no han podido con tanto rencor acumulado, con tantas transacciones entre el orgullo y la apatía, con tanta inflexible, silenciosa vergüenza.

Sé que fui tremendamente torpe al complicarme en tu decisión, pero tú me humillaste mucho más al aceptarme sin convencimiento, consciente de que no *íbamos a estar solos*, porque el Otro que habías creado, el Lucas de tu cosecha, se había instalado provisoriamente en ti. Sólo el tiempo necesario para atraer mi incrédula atención. Sólo once años.

Me he decidido a no poder más, a irme con Lucas. Once años sin pena ni gloria, esperando no sé qué. De ti no venía nada. Llegabas, llegas aún a la tarde y te sientas junto a la radio y pides el mate y hablas del empleo y preguntas por las notas escolares de los chicos y dices que anoche le escribiste a *él* y me pides que agregue unas líneas y envíe, como siempre, «cariñosos recuerdos al buen amigo Lucas». Pero la imagen de mí misma que veo en ti es de veras irreconocible, está llena de extrañeza y de una inevitable, fatigada burla.

Es tan absurdo que seamos los mismos y sin embargo hayamos perdido el valor, la capacidad de sentir asco o simpatía por el destino, por la suerte del otro. Porque no somos los mismos sino copias. Sólo copias veladas.

Once años, tú entendiéndolo todo, esperando mi prevista nostalgia que no llega, tu bendita oportunidad de mostrarte generoso y antiguo sabedor, horriblemente bien informado de mis deseos. De veras, no interesa que te diga ahora: «No puedo más, me voy con Lucas», porque vienes arrastrando once años de espera, porque ésa fue la oración con que desde el principio me encomendaste a ti. Después de todo, qué idiotez haber temido tu asombro; si ya lo sabes todo, si siempre lo supiste, y qué repugnante has sido por saberlo.

Nunca me dijiste: «No puedo más. Me voy con Teresa». Siempre puedes, y sin embargo no te irías ahora ni nunca. La conozco, la he visto, he hablado con ella. ¿Te sorprende? Es una buena mujer, que hace lo que puede y te da lo que tiene: un cuerpo admirable que, en definitiva, a ti no te interesa. Nos hemos prometido no decirte nunca que nos conocíamos, pero ya no tiene objeto esa promesa. No la desprecies, no la ofendas. Más bien protégela, te hará bien. Necesitas proteger a alguien, y yo estoy fuera de tu protección. (A pesar de las apariencias, este modo de escribirte no es cinismo. El cinismo sólo es un residuo del odio, y aún no te odio).

Tres veces me he visto con Lucas. Todo se hizo como tú, sin decirlo, querías. Pero cómo has esperado este encuentro. Cuánto hubieras dado por oficiar una vez más de *testigo implicado*, por escudriñar en el fondo de nuestras miradas y descubrir, por fin, la connivencia que profetizabas. Formulado el anuncio, preparaste el terreno, igual que aquellos fabricantes de evangelios que acomodaban la historia a las profecías.

Has pasado once años imaginando el instante de devolverme a Lucas, disfrutando por anticipado de tu sacrificio. Y eras tan inteligente que nunca lo mencionabas, como si nuestra vida imperturbable, nuestro inefable, aborrecido idilio, se alimentara exclusivamente de esa horrible complicidad.

Es necesario que te dé la razón, esa execrable razón que pacientemente has fabricado. Pero no puedo perdonarte. No puedo perdonarte que me hayas hecho preferir a Lucas, cuando era tanto mejor quererte a ti. No puedo perdonarte la sensación de cansancio e impureza que inexorablemente acompañó mi enamoramiento de Lucas, ni siquiera el simple hecho de descubrir que no puedo amarlo a él sin menospreciarte definitivamente. No puedo perdonarte haber llegado a ser tanto peor de lo que quise.

Me he decidido a *pesar de los niños*. Ahora que vamos a encararlo todo con abominable sinceridad, no sólo debo averiguar qué lugar ocuparán ellos en nuestro futuro, sino también qué importancia han tenido hasta aquí. Los hijos unen, dicen (entre los felices), los mejor dotados de ingenuidad. Los hijos atan, dicen, entre los desgraciados, los de más exaltada estupidez. Tú y yo podemos atestiguar que no nos unieron: ni siquiera nos atan. Ellos también ofician de testigos.

Pero tú esperas los pormenores... Mira, la evolución ha sido perfecta. Desde el primer encuentro, en que hablamos largamente de ti, hasta la próxima cita, dentro de dos horas, en la que pienso leerle tu empalagosa carta. Será el mejor modo de desprenderme de ti. Sólo puedo desprenderme de ti si te desprecio. Y necesito despreciarte. Necesito recibir su mirada de burla y comprensión cuando le lea las palabras mimosas que me dedicas.

No hemos hablado aún del futuro inmediato, pero puedes estar tranquilo, sé que me voy con él. Lo percibo en su modo tendencioso de repasar nuestra adolescencia, en su risa nerviosa e hiriente que estalla a menudo y siempre me hace mal, en la compasiva repulsión con que te menciona, en sus ojos que vuelven a desearme.

Además sé que con él no voy a callar. Quiero desconfiar del sobreentendido, del pudor y de la vergüenza. Esta vez quiero decirlo todo, lo exquisito y lo repugnante, para que nada quede abandonado a la imaginación, para que nada pueda traicionarnos.

Después de todo, te agradezco esa porfiada disponibilidad de tus escrúpulos. No necesito echarlo a cara o cruz. Me has ahorrado la angustia de la dignidad, y eso ya es bastante.

Claro, no puede ser éste el amor que alguna vez esperé, ese amor que ya ni sé como debía ser, que ya no puedo rescatar del recuerdo. De todos modos, no puede ser este rudimentario deseo de ser tocada por *él*, sin que nada me importen las opiniones que tuvo y que tiene. No puede ser este histérico anhelo de acostarme con *él*, sin que me inquieten en absoluto la posible sabiduría de nuestras charlas futuras, la saludable comunión de nuestros ideales y otras aburridas convenciones que solían inquietarme respecto de ti. No puede ser, pero no importa.

Si mi madre me enseñaba, con soberbias palizas, a no hacerme ilusiones, yo he aprendido por mí misma a no hacerme esperanzas. Lucas está aquí, como una limitada, como una insólita, accesible felicidad, y yo, con las disculpables culpas que tú y yo conocemos, y que sólo me molestan como un mal menor, como un dolor de muelas o un lumbago, quiero asir la ocasión, quiero ofrecerme a *él*, porque *él* es el presente y yo creo en el presente. Después de todo, es la única religión disponible.

Por ahora déjame suponer que los chicos no complicarán tu vida y que tú no complicarás la de quien ya no puede ser tu

Alicia

Tercera parte

«Lucas»

I

Por primera vez en los últimos años, deliberadamente quiso evocar su aspecto[1]. Estaría transfigurada, claro. Pero no sabía hasta dónde iba a apreciar el cambio. La instantánea revelación, tan punzante que aún no le era posible especular con ella, era sencillamente que

[1] En todos los cuentos que he escrito puedo reconocer, a diferencia de mis pobres críticos, una tajada de realidad. A veces se trata de mi propia realidad, otras de la ajena: pero siempre escribo a partir de algo que acontece. Acaso la verdadera explicación tenga que ver con mi incapacidad para imaginar en el vacío. No sé contarme cuentos; sé reconocer el cuento en algo que veo o que experimento. Luego lo deformo, le pongo, le quito. Siempre he querido —nada más para mi uso personal— registrar esa deformación, pero hacía mucho que no me acontecía un cuento verdadero. Ahora que se fue Alicia, ahora que todavía estoy rodeado de su imagen, de su olor, de su deseo, quiero escribir este episodio tan particular. Con notas. Es probable que algún día edite el relato. Las notas (aunque las escriba pensando en el lector y use el tono adecuado a su interés) serán siempre impublicables, estrictamente personales, con vigencia tan sólo para mí. Es posible que así quede registrada la deformación que sufre mi realidad al convertirse en literatura. Siempre que lo que yo escriba sea efectivamente literatura.

no la recordaba[2]. O sea que tenía presentes su actitud, la aprensión de sus manos, sus piernas delgaduchas, cierta ironía centrada en el mentón; tenía presentes todos los hechos, todas las palabras. Y, sin embargo, no la recordaba. La memoria parecía haberse extraviado ante la posibilidad de tantos recuerdos y no se conformaba a dar la imagen íntegra, el rostro sustancial. Tampoco lograba remedar, para recuperarlos, para ubicarse estratégicamente, sus sentimientos de adolescencia. Después de todo, ¿qué había representado para él? El solo hecho de golpear en el presente con su nombre, significaba una alusión a «la vida que merecía ser vivida». Pero eso no demostraba nada. Uno siempre transforma la historia en leyenda. El pasado es, inicialmente, una sucesión de goces y de angustias vulgares; son las nuevas chaturas, los nuevos vacíos, los que vienen a otorgarle un prestigio retroactivo. ¿Acaso le sería posible discernir, en su *etapa de Claudia*[3], cuánto había aportado ella efectivamente en actitudes, qué inconscientes subterfugios usaba él para persuadirse de una imagen probablemente falsa?

[2] Bueno, creo que la recordaba. Alicia significa un pormenor demasiado típico de aquellos años, como para olvidarla sin más trámite. Pero, literariamente, es de más efecto recordarlo todo cuando ella aparezca, como si mi memoria estuviese adherida a su imagen, como si únicamente su imagen pudiera despertar mis recuerdos. Lo literario es siempre un poco **lo poético** y hay no sé qué cosa lírica en esa relación memoria-imagen.

[3] Es decir, Alicia. El nombre del personaje tiene un remoto origen. Hace once años, cuando ella me telefoneaba, yo siempre confundía su voz con «la de Claudia». Naturalmente, Claudia no existía: pero era un modo de hacerla rabiar.

En cierto modo, su curiosidad representaba una precaria justificación del pasado. Algo *había*, por lo menos. De buena gana hubiera querido encontrarse con otras reservas, con otras zonas de interés. Pero más adelante no aparecía otra cosa que rutina, sólo alterada por algún día de hambre, por alguna mujer que usaba la nostalgia como un perfume barato[4], por la hosca sensación de estar de más o vivir de menos. Sintió de pronto el gusto frío del tabaco y reencendió el cigarrillo[5].

De nuevo estaba en un café, en la parte mecánica de la jornada. Su trabajo de traductor, sus noches de periodista, sus lecturas, sus cuentos, conservaban un porcentaje de inventiva, eran una ocasión de imaginar. Pero sentarse en la mesita del rincón, sentirse desprovisto de adulones, simplemente como Óscar Lamas[6]; sin modestia ni notoriedad, sin hablar con el gallego que sólo a los seis meses aprendió a traer cuatro terrones de azúcar en lugar de tres; sin hacerse a sí mismo observaciones famosas sobre los carreristas, los elocuentes, las mujeres gastadas y los chismosos, que convergían al atardecer; todo eso constituía un mecanismo circular, un peso muerto de su monótona conciencia.

---

[4] Existe otro tipo de mujeres que aquí no viene al caso: las que usan el perfume barato como una nostalgia.

[5] A verificar. Como nunca he fumado, no sé si el tabaco tiene gusto frío.

[6] Es decir, yo. No me gusta el nombre. Pero tampoco me gusta el de Lucas Orellano.

Se puso a pensar disciplinadamente. No había estado mal aquella otra época de café, con Claudia a su lado, escuchando a los babosos. En medio del aburrimiento, de las solapas mugrientas, de las metáforas viscerales, había destellos de lucidez y una rencorosa asensiblería que no se asombraba de nada y constituía, pese a todo, una experiencia. Uno quedaba un poco mareado, pero esas noches no pasaban a integrar, como las que vinieron después, un mal recuerdo. Se sostenían impecablemente, ostentaban un equilibrio propio, ya que siempre se podía respirar el fatigoso olor de los lugares comunes, las melenas flojas, los bostezos a media digestión. Con Claudia a su lado. Quizá ésta era la clave. Que la marejada los encontrara juntos. Con todo, era increíble que nunca hubiera tocado sus senos[7]. Recordaba vagamente haberla deseado. Más de una noche se había desvelado en un intento de recapitular su paso de chiquilina, sus manos con la palma hacia arriba.

Miró distraídamente hacia la puerta y la recordó de golpe, ahora sí, al recibir la imagen de esa otra mujer, llena de miedo y orgullo, literalmente metida en un saco de nutria, que giraba la cabeza como buscándolo. Es la única, pensó. Pensó también que sólo un imbécil podía tener ese pensamiento.

---

[7] Creo que los toqué una sola vez, pero ya no me acuerdo. Si fuerzo la memoria táctil, mis manos, es decir, el centro mismo de su palma, se llenan de recuerdos, como los de un recipiente que hubiera contenido materias afines y sin embargo bien diferenciadas. Pero no sé quién es quién.

Al fin ella lo vio, hizo un gesto vago de familiaridad recuperada, y se acercó tosiendo por entre el humo[8].

—¡Qué lugar, Óscar!

Le tendió la mano y él encontró de pronto que dependía hasta lo indecible de ese antiguo contacto. Sólo un segundo, pero podía reconocerlo todo. Como si en vez de esos dedos estirados, más indefensos que nunca, hubiera asido, en el último minuto disponible, una época que caía ya sin fuerzas, abolida.

—Pensé que...

No lo dijo. Era inventar una nostalgia y no era así. La nostalgia había empezado ahora.

—Aquello era otra cosa. Y me gustaba. Pero ya se acabó ese tiempo. Somos serios, ¿no? Todos los cafés del mundo son iguales, pero nosotros estamos demasiado viejos para notarlo. ¿No lo sentís así?

Hablaba con un aire serio y condescendiente, mostrándose a todos y escondiéndose de él, como si hubiera preparado el rollo y se hubiese obstinado en prepararlo. Óscar no pudo menos que sonreír, un poco burlándose

[8] Por entre el humo, exactamente. Pero no en el café, sino en el puerto. Yo fui a esperarla (Miguel me había avisado) pero llegué tarde, y cuando ella descendió del barco, la vi a través del humo bajo que salía de un galpón o depósito, no sé bien. Es cierto que entonces me pareció que avanzaba, como tantas otras veces en Montevideo, a través del humo de los fumadores. El diálogo que sigue, con sus aproximaciones, tuvo lugar en el salón de revisaciones (donde el funcionario correspondiente extremó su celo hasta hacer flamear unas deliciosas bombachas negras) y en el taxi (donde pude darme cuenta de que efectivamente las cosas habían cambiado).

de sí mismo, y ella se puso en guardia. Había en la sonrisa alguna cosa obscena, inexplicable.

—No, no lo siento. Debes tener en cuenta que he seguido solo. Eso es importante. Nadie me sacó a tirones de un ambiente[9].

Ella apretó los labios, sin rabia ni consternación, en una suerte de tic inédito que él desconocía. No podía explicarse que hubiera empezado así, sin temor a decepcionarle, golpeando tercamente en una filosofía de cambalache.

—A mí me sacó Andrés[10].

Por ahí sí. Ése era el comienzo. Andrés igualito a él, pero con ojos de buey manso. Andrés que nunca cerraba los puños. Andrés que dejaba caer los brazos.

—Perdón. Debí preguntarte por él.

Ella alargó el brazo sobre la mesita, como desperezándose con la mínima elegancia, y a él le gustaron aquellos insignificantes músculos en tensión, la mano no tan blanca como hacía once años, pero más segura. Ella sonrió sin maña y aflojó un poco la cara.

—Claro. Él está bien. Siempre está bien.

No podía decirse si había asco o gratitud en esa vehemencia casi estacionaria. Pero seguro que no era amor.

---

[9] Creo que si le hubiera dicho esto, me abofetea. Pero no me faltaron las ganas. Este tipo de venganza (el escribirlo en el cuento, porque en la realidad no me atreví) me deprime.

[10] Es decir, Miguel. Elegí este nombre abriendo al azar una página de la guía telefónica. Responde a la tercera tentativa. Los dos primeros eran Abraham y Cornelio, que fueron descartados por razones obvias.

—¿Por qué siempre? ¿Pasa algo?

—No, no pasa nada.

Otra vez en guardia. Pensó en las corbatas uniformes de Andrés, sus trajes correctos y grises, su invariable pañuelo en el bolsillo. Pensó en su modo perfecto de doblar el diario, en sus libros de economía forrados en azul con etiqueta blanca, en su versión académica de las cosas. Ella tenía razón, siempre estaba bien. No podía imaginárselo en ropas menores o haciendo el amor.

—Eso es defenderse.

—¿De quién?

No sabía de quién. Hay una defensa inmemorial, renovable y temblona, un síntoma exacto de la vacilación. Así se preserva uno del error puro, del error sin prejuicios, de lo que puede no estar bien en lo que va a venir.

—No sé de quién. No sé si eso es defenderse de mí, de Andrés o de vos misma. Pero antes arremetías en vez de defenderte.

Ella balanceó la cabeza; como si se hubiera puesto a comparar el pasado y el presente y no pudiera decidirse.

—Antes éramos increíblemente tontos. Dejábamos que todo pasara y sólo hallábamos fuerzas para charlar, para escuchar cómo charlaban los otros.

—¿Y ahora charlas mucho con Andrés? ¿O te has vuelto menos tonta?

A ella le gustó la voz jovial del ataque. La cara se aflojó un poco, como demostrando que podía parecerse a la otra Claudia.

—Eso también es defenderse. Esto también es haber cambiado. Antes me hubieras confesado que estabas esperando que te hablara de Andrés.

—Ahora soy el Otro.

—¿Y antes?

—Tal vez no era nada. Pero el Otro era él[11].

---

[11] No está mal para culminar el primer encuentro. Es sólo una frase y bastante insípida. Una frase que además no fue pronunciada. Su relativa eficacia reside en que sintetiza el cambio de papeles, el tiempo transcurrido, la aparición de la experiencia como un convidado de piedra.

II

La segunda vez fue un domingo en Palermo[12]. Como dos adolescentes. Ella estaba sin sombrero, tercamente joven, como si no pudiera ingresar a otro compartimiento de la vida.

—Bueno, decime qué hiciste —dijo—. En estos años.

No era un cumplido. Ella quería realmente enterarse, introducirse en aquella zona inédita. Los brazos colgaban, sin cartera, como los de una chica que iba a hacer un mandado. Toda ella inspiraba una confianza cautelosa.

—Eso ya lo sabes.

—¿Lo sé por las cartas?

Él rió francamente, echando la cabeza hacia atrás[13]. Cómo había mentido en esas cartas. Mentido para Andrés y para que Claudia se diera cuenta de que mentía.

---

[12] En realidad, un jueves. Este encuentro, a diferencia del anterior, está en su mayor parte calcado de la realidad. Tal vez debido a eso, sea literariamente el más vulnerable.

[13] Un convencionalismo. ¿Por qué no puedo escribir: «Él rió» y nada más? Debo, sin embargo, agregar **francamente,** aunque más adelante esa franqueza esté sobreentendida. Debo sin embargo agregar «echando la cabeza hacia atrás», que, dentro del personaje que imagino, resulta un

—Pensé que creías mis grandezas.

—Claro que sí.

—¿Y Andrés?

—Andrés cree todo lo que aumenta su pesimismo.

—¿Mis cartas también lo aumentan?

—Tus cartas también.

En el fondo era eso. Él había tratado deliberadamente de estimular su pesimismo. Andrés respondía con tediosas lamentaciones, se quejaba de la vida y del empleo, de su sueldo y de sus vicios; nunca de Claudia, claro, porque Claudia agregaba al final sus *recuerdos cariñosos*.

—¿Entonces?

—¿Entonces qué?

—Decime qué hiciste.

—¿De veras te interesa?

Esta vez comenzó a interrogarse implacablemente acerca de qué pretendía ella de él y qué pretendía él de ella y de sí mismo. El pasado era ése. Una triple camaradería: Andrés, Claudia y él. Hubo un sobremalentendido: que la amistad entre Claudia y él iba a desembocar en algo más. Pero no desembocó. Ella se casó con Andrés y él se fue a Buenos Aires. Todo un gesto. El presente era éste: después de once años de matrimonio, Andrés la mandaba a Buenos Aires con el encargo —con el pretexto— de que entregara un libro (un libro de J. B., para

---

movimiento casi inverosímil. Debo hacerlo para que el crítico de **Letras** no me acuse otra vez de emplear «frases horriblemente mutiladas, en el mejor estilo tartamudo».

mayor tortura) y ella cumplía esa misión con tanta solicitud que seguía viéndose con él, como esta misma tarde.

Las posibilidades eran tantas que lo desorientaban. Evidentemente había una idiotez en juego. Acaso el idiota fuese él, por dejarla escapar, por no haberla tocado. O Andrés, por ofrecérsela ahora en bandeja. ¿Y si fuese ella, y sólo por eso hubiera llevado a ambos, a Andrés y a él, a la indiferencia?[14]

—Mira, lo que hice es tan poco que casi preferiría contarte lo que no hice. Así nos amargamos juntos.

No era ella la idiota. Ahora estaba seguro. Caminaba tan indefensa que era casi imposible no abrazarla. Iban integrando una doble fila espontánea de parejas: la sirvienta de sonrisa fija y el muchacho de nariz aplastada, envarados en su rígido domingo personal; los dos adolescentes aislados en su último embeleso y su egoísmo primero: el pobre viejo verde, convencido de la adhesión fervorosa de la mujercita de trasero redondo e inquieto que trotaba a su lado, dejándose mirar.

El pasado era ése: Claudia llena de admiración y de promesas, y él diciéndose no hay por qué apurarse; él creyendo que la vida iba a quedar allí, detenida en ese idilio injusto, uno junto al otro, defendidos quién sabe por qué,

---

[14] Personalmente, estoy convencido de que el idiota fui yo. Más que idiota, distraído. No darme cuenta de que Alicia representaba, hace once años, una suerte disponible, fue una imperdonable negligencia. Hoy en día todo es distinto. No es posible volver atrás ni recuperar la ingenuidad, o sea el don de decir pavadas sin inmutarse. No es posible... pero no me acuerdo si desarrollo este mismo aspecto más adelante dentro del cuento.

solos en la nube de humo y metáforas cochinas. El presente era éste: ella buscándolo, empujada, con el imprescindible odio hacia Andrés, convocándolo a él como quien llama al suplente cuando el titular ha muerto o no sirve o renuncia; él, detenido a la fuerza, conmovido otra vez por el pasado y las promesas que éste encerraba, pero también imperceptiblemente herido por esa sensación de despojo al que buscan extraer del tacho de basura[15].

—Creo que se puede ser franco. Yo no fui nunca, sabes, de los que pegan carteles de mujeres desnudas en la cabecera de la cama[16].

—¿Hacen eso?

La ingenuidad, durable y anacrónica, no era una broma. El nuevo rostro, de impenetrable experiencia, que tanto había aprendido en once años, carecía de la mínima erudición pornográfica.

—Lo hacen los que no se atreven a tenerlas allí, en cuerpo y alma.

—¿Y vos te atreviste?

—Me atrevo.

—¿En alma y cuerpo?

El pasado era ése: Andrés oficiando de testigo, consumido de resignación y de inercia; Claudia en la trampa de la cordialidad, del afecto, de la compasión: él, por su

---

[15] La imagen es ordinaria, pero él y ella no son demasiado finos. No debo olvidar que Lamas es parcialmente yo ni tampoco que he pasado por momentos de riesgosa depresión en que saboreé morosamente alguna imagen del mismo cuño.

[16] Jamás. Por lo general escondía esas imágenes en la letra X del Diccionario Larousse.

parte, tan silencioso porque pensaba poco, porque no le gustaba pensar ni hablar ni preocuparse. El presente era éste: Claudia de once años más, con su falso cinismo, con un deseo de vencer; él, otra vez desvelado, viendo muy claro lo de antes y muy confuso lo de hoy; Claudia y él, ahora, detrás del viejo verde y el trasero ondulante, sacando las entradas para el Jardín Zoológico, y Andrés hoy también oficiando de testigo.

—En realidad, cada nueva época me toma siempre desprevenido —estaba diciendo—. Cuando apareciste no había comprendido aún las imágenes de la primera adolescencia. No me había acostumbrado a descubrirte y ya estabas casada con Andrés. No había aceptado la raquítica soledad a que ese hecho me condenaba, cuando aparecieron otras mujeres. Una detrás de otra, cuando aún no sabía qué hacer con la anterior.

—¿Y ahora?

—Ahora estás otra vez aquí. Y no sé qué debo hacer con la otra Claudia.

Ella no dijo nada. El viejo y la mujercita les tiraban caramelos a los monos. Un chico de traje marinero compraba un globo amarillo y el mono mayor exhibía ostentosamente sus brillantes nalgas rojas.

—No sé qué hacer con la Claudia de antes.

Por primera vez ella se puso triste. Ahora el cinismo le quedaba incómodo. Como un traje nuevo. El mono chico sólo tomaba los caramelos verdes, que eran de menta. La mona salió perseguida, con otro crío a cuestas, prendido a ella como una excrecencia desagradable.

—Tal vez sabría algo si entendiera a Andrés.

Ella no decía nada. ¿Simplemente no quería atreverse, o sería el mismo tipo de silencio que había usado él cuando no tenía nada que decir?

En la vitrina mugrienta y alargada, la víbora se movió apenas y esa vida abusiva en una cosa horriblemente inanimada fue como una bocanada de asco inevitable.

—No puedo comprender por qué te envía. Es como si pensara que soy un imbécil o un cochino.

Mecánicamente se asomaron al foso que distanciaba los barrotes. El tipo estaba inmóvil, con su viejo cuerno nasal a la espera de la imposible lucidez. Una chiquita de trenzas que colgaba de una madre indiscerniblemente oblonga, preguntaba si era un hipopótamo y la madre decía que no, pero no decía qué era.

—Después de todo él es (o fue) mi amigo[17].

Sí, el pasado era ése: ellos tres organizados en una especie de burla recíproca, cada uno pensando que los otros dos no se correspondían y que él era la única pieza adecuada. Y el presente era éste: él, lanzado a la búsqueda de motivos, de remordimientos y de escrúpulos, sólo a medias dispuesto a cargar con el fardo de otra aventura, con el peso muerto de su dudosa conciencia de amigo; él, lanzado a conjeturas frente a Claudia callada, mientras volvían a encontrar al viejo y la mujercita todavía divertidos frente al esclarecido mono que prefería caramelos de menta.

---

[17] Comprendo que puede dudarse si me refiero a Andrés-Miguel o al rinoceronte. El equívoco no me desagrada porque Miguel ha sido siempre un cornudo de un solo cuerno: el que él está pronto a atribuirse y a aceptar.

III

Cuando aquella mujer alta, de cara segura y manos largas, les abrió la puerta, Claudia pensó: «Ésta es su querida», pero él la besó cómodamente, como a una hermana, y luego presentó: «Claudia. Lucía»[18]. Lucía sonrió. Tenía la boca grande, los pómulos salientes. Claudia sucumbió a su absurda y antigua convicción de que las personas de boca grande eran fieles, nobles y generosas[19]. (Andrés tenía una boca chica, pero de labios carnosos: la peor especie entre las bocas chicas.)

Lucía los precedió por un corredor angosto y mal iluminado. Abrió la segunda puerta de la izquierda y se hizo a un lado para que entraran. Era una habitación

[18] Lucía es el nombre real. Es la única que no puede ofenderse, por la sencilla razón de que desprecia sutilmente al prójimo, incluidos también las opiniones y los prejuicios sustentados por éste. Lucía es, como personaje, lo más puro que he escrito. Aún en la realidad sigue siendo un personaje de cuento.

[19] Este capítulo está armado desde el punto de vista de Claudia-Alicia. Me gusta, ya que tuve que inventar bastante. ¡Cualquiera sabe lo que piensa Alicia! Noto ahora que, a falta de otros y con el objeto de llenar ciertas lagunas, empleé algunos puntos de vista propios que he desechado sólo a medias.

bastante amplia, con un ropero, dos camas de bronce, una mesita y tres sillas de playa. Él saludó con un gesto y Lucía dijo: «Ésta es Claudia, una amiga de Óscar». Luego sin transición, le preguntó: «¿Puedo tutearte?». Ella dijo: «Claro» y le dejó el sombrero, la cartera, los guantes.

Había dos tipos sentados sobre la cama, uno de ellos con unos papeles en la mano. Una joven casi bonita y bastante vulgar, con una cara imitación Greer Garson, se apoyaba en un hombro del que tenía los papeles. Otra mujer de unos treinta y tantos, con el pelo lacio sobre el ojo izquierdo, y un muchachote diez años más joven, con un buzo azul y pantalón franela, estaban muy juntos, recostados contra la pared del fondo.

Lucía hizo la lista, dedicada a Claudia: «Éste es Carlos, un desocupado; vive de los padres. Éste es Fortunati, un poeta mediocre que a nosotros nos gusta. Ésta es Asia —para la exportación—, en realidad, Josefa; nos ha convencido de su belleza, de modo que afortunadamente ya no se habla más a ese respecto. Aquellos dos, contra toda apariencia, están ahora juntos sólo por accidente; ella es María, tiene nombre de virgen, pero le gustan los tangos, los hombres y la poesía. Sólo ha realizado la segunda vocación. Él es Amílcar; un chico, como ves. Se especializa en robo de libros, traducciones del inglés y accidentes automovilísticos. Maneja sin libreta y escribe sin inspiración. Generalmente, no nos gusta»[20].

---

[20] Todos estos tipos vienen de muy atrás, cinco años aproximadamente. Jamás tuvieron ningún contacto con Lucía. Pero, de conocerlos, probablemente los hubiera presentado así. El **snob** es, para ella, el más

Las risas que siguieron la confundieron mucho más que el resumen de Lucía. La que más ruidosamente lo festejaba era Asia-Josefa[21]. Cuando pudo serenarse a medias, se acercó a Claudia, le tomó las manos y preguntó, dirigiéndose a Lamas: «¿Dónde conseguiste a esta ricura?». Él estaba a gusto, callado como hacía once años, en esta atmósfera de hombres y mujeres más viejos o más tarados que los de entonces. «Es la mujer de Andrés», dijo, pero dirigiéndose a Lucía. A Asia no pareció importarle ese desprecio y puso su mejor cara de mimo para decirle a Claudia: «Ah, la mujercita de Andrés ¡sin Andrés! ¿Por qué no lo trajiste? ¿Cómo es él? ¿Te gusta todavía?». Desde la pared del fondo y emergiendo entre su pelo lacio, María le gritó que se callara, pero la otra ya decía: «¿O viniste aquí para descansar? Es muy raro que puedas descansar con Óscar. Si no que lo diga Lucía. ¿O sos únicamente una amiguita?».

Claudia movió la cabeza negando no sabía qué[22]. En realidad, la negación le venía de muy adentro, una especie

---

despreciable de todos los tipos. Además, ése es el secreto de su parcial cinismo y autodesprecio, ya que se considera a sí misma también un poco **snob.**

[21] La verdadera Asia no se parecía a Greer Garson sino a Joe Brown. Mirándola con la imprescindible serenidad, es preciso confesar que era espantosa. Sin embargo, siempre me resultó conmovedora su absoluta e ingenua convicción acerca de su belleza, que le otorgaba una inesperada simpatía. Todos acababan por admitir que era inteligente y aceptable y conozco además a dos tipos no imbéciles que se enamoraron de ella. Sin éxito, por otra parte, porque Asia los encontró horribles.

[22] Este diálogo (o, mejor, su original) tuvo lugar en Montevideo hace más de diez años. Fue en el Café Central y recuerdo especialmente la

de asco por esto que había constituido la naturalidad de once años antes y que ahora ni siquiera podía conmoverla con un lejano resplandor, con esa luz inevitable de autocompasión que rodea las actitudes de cualquier pasado. Que Óscar se hubiera quedado en esto mientras ella se iba endureciendo junto a Andrés, le parecía una injusticia tan segura, una inercia tan incómoda, como la de un individuo que, habiendo sido muy festejado por el hecho de chuparse el dedo en su primer año de existencia, pretendiera el mismo éxito por el hecho de chupárselo a los treinta.

«Ya es suficiente, Josefa», dijo Óscar, y esta vez Asia quedó aniquilada por su propio nombre. Se apartó de Claudia, disculpándose: «Tiene razón, es suficiente. No me hagas caso, soy medio loca».

«De modo que usted es de Montevideo», dijo Carlos, para despistar. Entonces Fortunati la miró por primera vez con atención y comentó despacio, como si arrastrara consigo una verdad inédita: «La ciudad que dio tres poetas a Francia».

Al fin Óscar la miró compasivamente. Estaba claro que ella quería decir alguna cosa y no encontraba qué. No había hablado aún, pero aparentemente ellos sólo pretendían que escuchara. «Lautréamont, Laforgue, Supervielle», enumeraba implacable la erudición de Fortunati.

---

reacción de Alicia. Decidí incluirlo, con variantes (manteniendo sólo su intención), pues de algún modo debía representar el enfrentamiento de Alicia con su pasado, con nuestro pasado, con el que en estos días la he confrontado mentalmente hasta el cansancio.

«Así que usted es aquí el que escribe», pudo al fin arrancar de sí misma, y se sintió horriblemente torpe. «Sí, viejita», dijo el llamado Carlos, «él es el que escribe». Entonces ella, contradiciendo la política de toda su vida, se oyó decir: «Léanos algo suyo», y luego, increíblemente, recalcar con una sonrisa: «Por favor».

Pero el ruego estaba de más. Fortunati eligió un papel y rápidamente anunció: «Es uno de mis últimos poemas: *La oración del auxiliar segundo*»[23].

Claudia observó que todos, hasta los acaramelados del fondo, se acercaban al lector. Este agregó: «Es la primera vez que lo leo». Por lo tanto, una especie de preestreno, tanto más extraordinario cuanto que nunca pasaría de allí.

Fortunati cerró por un momento los ojos, como para asir el fugitivo éxtasis, y luego empezó a leer, con su quebrada voz de viejo poeta inédito:

Déjame este zumbido de verano
y la ausencia bendita de la siesta.

Era horrible y sin embargo había algo patético en aquella voz temblona que había nombrado a Lautréamont y que tenía su público afectuoso y abyecto.

---

[23] Desde que apareció **La vida apenas,** y el crítico de **Letras** pudo anotar que Lucas Orellano se acomodaba y decía: «Se trata de unos poemas sobre el destino», no tengo valor para dejar de escribirlos. La **oración del auxiliar segundo** es un poema ordinario y prosaico y que sin embargo me gusta. Ésta es además una buena ocasión para verlo publicado, atribuyéndoselo canallescamente a un personaje tan inocente como miserable.

déjame este lápiz
este block
esta máquina
este impecable atraso de dos meses
este mensaje del tabulador

Era horrible y sin embargo trasmitía una convincente resignación, un inevitable conformismo ante la doble imposibilidad de escribir algo bueno y de dejar de escribir.

déjame sólo con mi sueldo
con mis deudas y mi patrón
déjame
pero no me dejes
después de las siete
menos diez
Señor
cuando esta niebla de ficción se esfume
y quedes Tú
si quedo Yo.

«Ves», dijo Lucía, «él también sabe que no sirve, pero nos gusta. Lo único válido es eso: Y quedes Tú si quedo Yo. Lo demás es una lata, sólo un pretexto para decir ese final. Por eso lo perdonamos. Porque lo dice».

El tipo tenía cara de conforme. Como si Lucía hubiera dicho lo que se merecía. A Claudia, en cambio, que seguía bastante confusa y había murmurado: «Muy bien» o cualquier otra elogiosa incoherencia, la miraba con un tranquilo menosprecio.

Ella notó, con cierto temor, que empezaba a sentirse sola. Pensó inevitablemente en Andrés, en los chicos, en la casa. Era el momento crítico de la nostalgia. Claro que estaría mejor en la salita del apartamento, tejiendo o escuchando la radio, sin otra preocupación que el menú del día siguiente o el arreglo de la enceradora o la media suela en los zapatos de la nena. Se sentía incómoda en la aventura a que ella misma se condenaba. Pero no era tan arduo vencer este alivio. Bastaba con imaginarse escuchando el moderado comentario de Andrés sobre sí mismo o sobre cualquier cosa, para que todo pareciera fresco (estos tipos acabados, inertes, de mal augurio y mala pose), para que todo pareciera espontáneo (los versos desvalidos, esa Lucía mordaz, la tranquila vampiresa del fondo).

Seguían hablando, riendo con fobia, mostrándose los dientes. Era evidente que no podían sorprenderse. Se sabían de memoria todos los defectos, todas las flojedades. Estaban aburridos de ironizar, de tolerarse, de estar frente a frente.

«¿A qué vino aquí?», dijo María, y la estaba echando.

«Tenemos que irnos», dijo Lamas, y la estaba echando.

«A ver cuándo la traes de nuevo», dijo Lucía, y la estaba echando.

Y mucho antes de que todas aquellas manos impregnadas de tabaco pasaran por su mano, ella ya estaba imaginándose en la calle como en una libertad recuperada.

IV

Todo marchaba sobre rieles. No podía creer que ésta fuese su habitación de siempre. Acaso porque nunca había atravesado la ciudad para regresar a casa a media tarde[24]. Era otra habitación, con más luz, sin cucarachas ni telarañas, con el perfume casi fraternal de Claudia y el pasado sumiso, ahora o nunca comprendido[25].

Era demasiado claro que su comportamiento dependía de una rabiosa sensación de triunfo. Hacía muchos años que no se reía fuerte, que no se sentía optimista e inquieto, con esta desacostumbrada energía que le parecía ajena.

---

[24] En este capítulo **se hace** el cuento. Llega un punto en que las posibilidades se bifurcan. Desde el instante en que elija una de ellas, el cuento **se hará,** no precisamente debido a la elegida, sino a las desechadas. Por eso la realidad valida poéticamente el cuento, porque en éste lo real es una mera posibilidad desechada.

[25] Aquí, especialmente, el cuento falla en su efecto. La realidad es mucho más eficaz y no puede repetirse. Había una emoción intraducible en esa llegada a mi habitación. Creo, además, que pude decirlo mejor y no lo hice. A pesar de que no me ilusiono acerca de mí mismo, me queda este último pudor y quiero conservar esa vergonzante ternura para mi único consumo.

«Óscar», dijo la mujer. Se había echado a medias sobre la cama, como para habituarse a lo que vendría. «¿Cómo es ella?»

«¿Quién? ¿Lucía?» El vestido de Claudia era gris y ceñido. «No podés imaginarte lo buena que es». Una franja de sol le cruzaba ahora la espalda en diagonal.

«Ya sé que es buena. Pero ¿cómo es contigo?» Lo miraba seria, en un estilo más maduro y temeroso que el de once años antes. «¿Te conforma?»

«¿Es tan necesario que me conforme?», dijo él. Se acordaba de la tristeza segura que había en la cordialidad, en los modales absurdos de Lucía[26].

Claudia se estiró sobre la cama hasta alcanzar la mesita de la izquierda. La franja de sol le atravesaba ahora la cintura. Lamas se sintió débil y emocionado al ver cómo recuperaba su capacidad de desearla. Había alcanzado la caja de zapatos que contenía las fotos, y el pelo le caía sobre la frente en un mechón que en otra mujer hubiera podido ser obsceno. Pero ella era todavía una chica, moviendo las piernas en el aire como cuando repasaban la teoría del conocimiento echados sobre el césped. El césped era ahora una colcha remendada y las piernas mostraban alguna que otra várice, alguna mancha rígida en el tobillo[27].

---

[26] Pensé que esto lo decía para **el cuento**. Sin embargo, lo escribí porque es cierto. Lucía es importante para mí.

[27] Esa várice, qué cosa absurdamente triste. Lo peor es que no siento compasión por Alicia: siento lástima de mí, de ese tiempo mío inexorablemente limitado por una manchita violácea e indecorosa.

«¿Éste sos vos?», preguntó. La foto mostraba (en sepia) un chico de cinco años, muy limpio y descalzo. Era evidente que los diarios bajo el brazo, la gorra, el pucho, no le pertenecían; habían sido ostentados como un disfraz.

«Fue la primera vez que me descalcé en público». Ella se fijó en los dos piececitos, arqueados al máximo para tocar lo menos posible las baldosas, y sólo entonces advirtió que eso sí era una confesión, que él estaba entregando una distraída revelación del pasado, y desde luego trató de fijar para siempre la gran esperanza frustrada de aquella foto de otro tiempo y trató asimismo de descubrir qué sobrevivía aún de aquel chico en este tipo de ojos agrisados, ya no demasiado joven, que hacía rato la estaba deseando y que siempre existía retrocediendo. Se dio cuenta de que esto lo había pensado como un insulto, como si pudiera echarle en cara su retroceso. No obstante, ella sabía que de su parte no era mucho adelanto haber recurrido a esta escasa nostalgia[28].

Pero Lamas se había hastiado de su propia cavilación. «Te lo pregunto por última vez», dijo. El tono era de estar todavía ensayando lo que iba a preguntar. «¿Qué papel juego yo en la cabeza de Andrés?»

---

[28] Creo que está bien dicho. Hubo un momento inolvidable en que nos examinamos implacablemente y las miserias del otro pasaron a ser el reflejo de las propias. Lo peor (no recuerdo si lo digo en el cuento) era la sensación de **irrecuperabilidad.** No sólo no podíamos recuperar al otro tal como había sido, sino que tampoco podíamos recuperarnos a nosotros mismos.

Ella guardó la foto donde la había encontrado y encogió lentamente los hombros, achicándose. La boca permanecía quieta y envejecida, pero los ojos estaban seguros de que el momento se acercaba.

«Venís a ser una especie de retrato sobre la cabecera. Cuando me abraza, cuando hacemos el amor, él sabe que estás allí como un ángel custodio».

«Creo que eso acabaré por entenderlo. Pero no entiendo por qué te manda aquí».

«Será para probarme. Para librarse de vos, para librarse de mí».

«Qué porquería».

«Quién sabe. Hace tiempo que me pregunto qué clase de tipo será Andrés. Preferiría que fuera un energúmeno, uno de esos tipos que la aniquilan a una con su grosería. Por lo menos sabría reconocerlo y reconocerme. Pero, así como es, resulta insoportable, con su miserable inteligencia alcahueta, su compasión de sí mismo y sus pujos de crápula, su querida sin desplantes y su diario íntimo[29]. He tenido su cuaderno en mis manos y no lo he abierto, porque eso hubiera sido reconocerme vencida. Estoy segura de que él quiere que lo lea, aunque no pueda confesárselo; de que escribe para mí, aunque pretenda hacerse el cuento de la sinceridad. Sí, a simple vista es una porquería. Pero nunca se sabe».

[29] Debe ser una invención de Alicia. No creo que Miguel sea capaz de anotar diariamente sus cavilaciones. Es demasiado temeroso, demasiado egoísta, y los egoístas no llevan diario.

Un hombre y una mujer aislados en un cuarto, seminarcotizados por un deseo progresivo, tienen necesariamente que hacerse duros y sobrellevar la ternura. Cada vez la historia significaba menos, cada vez tenían más importancia los cuerpos a la espera.

Cuando ella acercó la cartera y sacó el papel, Lamas reconoció los caracteres ganchudos e inclinados.

«En todo caso, si hay una porquería, es ésta», dijo ella. Desdobló la carta con un asco injusto, como si no quisiera verse involucrada en ese juego. «Y si no, fijate».

Él ya no pudo recuperar más su aire confiado. Encendió un cigarrillo para tener algo a qué achacar el dolor de estómago que seguramente iba a venir. Por Dios, que no la lea, pensó en un principio de desesperación.

Pero ella la leía: «*Viejita querida, viejita. Otra noche solo. Acaso a ti no te importe. Ojalá no te importe, así puedes divertirte con ganas. Pero es horrible estar aquí, sin tu bondad inevitable*»[30]. Sin embargo, ella leía sin ninguna bondad[31]. Estaba dura y había un odio indecente en la entonación con que acompañaba aquel empalago. «*Algunas veces me pongo insoportable. Pero qué bueno es pedirte perdón y que nunca me dejes. Hoy abrí el ropero y metí la cabeza entre tu ropa, recuperé un poco de tu olor.*»

Andrés apartó los ojos, pero encontró el espejo y allí la vio doblarse como derrotada por toda esa excitante

---

[30] La transcripción de la carta es fiel a su sentido. He quitado algunos detalles doméstico-sexuales que hubieran provocado al crítico de **Letras.**

[31] En ese momento tuve la sensación de una modesta libertad. Instintivamente me alejé.

hipocresía. «*Anoche me abracé a la almohada, claro que es una necedad, pero también es horrible estirar la mano y no encontrarte. Están los hijos, naturalmente, pero no sé por qué hoy no me importa nada de ellos. Me importa que vuelvas y que nunca me dejes. Tengo un deseo loco de repasar y comprender tu piel, aunque temo que nunca me hayas pertenecido. ¿Es cierto?*»

Entonces ella tuvo un arranque y estrujó el papel. Después encogió las piernas y se dejó caer en la cama. Lamas la oía sollozar convulsivamente[32]. Con las manos ella se recorría las piernas, como reconociendo esa piel que el otro deseaba comprender.

Él empezó a sentir el dolor de estómago y se contempló indeciso en el centro de la habitación. Entonces no pudo más y se arrojó literalmente sobre la mujer. Con las dos manos le tomó la cara y la miró con deseo y con solicitud, como si quisiera rabiosamente poseerla y también separar del deseo cuanto había de miserable, de ruin y de ridículo en aquella cama con dos cuerpos cansados[33]. «Es tan despreciable», dijo ella. «Mentira. Nunca me ha deseado. Es un frío, un metido en sí mismo».

---

[32] Pero ella no lloró. En el cuento consta la posibilidad que yo esperaba, lo que sinceramente hubiera preferido que aconteciese. Si hubiese llorado, si se hubiese mostrado indefensa y vacilante, le habría perdonado ese odio dirigido precisamente al individuo que yo mismo despreciaba. Pero ella no debía haberme leído la carta, no debía haber permanecido dura, sin deseo, sólo esperando que yo la poseyese de una vez por todas para agregar otros motivos al odio.

[33] Ahora comprendo cuánto deseaba yo ese final. Deseaba que nos rehabilitáramos, que pudiéramos sentirnos tontamente buenos, aislados por el deseo, sin rencor y olvidados.

Él no decía nada. Simplemente cumplía el rito de abrirle la blusa. Él no era un metido en sí mismo y ella lo dejaba hacer.

Por primera vez hacía el amor con Claudia.

Por primera vez veía en la pared oscurecida de mugre, aquel absurdo rostro de Andrés, que lo miraba como un ángel custodio[34].

---

[34] En realidad no tuve que acercarme. Se había traicionado y se dio cuenta de ello. Ni siquiera entonces perdió su rigidez. Sonrió, sonreía. Todo estaba dicho, se fue y no volverá. Ahora es el momento de preguntarme por qué no quise hacerlo. ¿Por el ángel custodio? En el primer momento me ilusioné pensando en mi amistad. Después me di cuenta de que no existía. Él es un mediocre, un indeciso, un repugnante, pero ella no debió recordármelo con tanta violencia. ¿De modo que fue por eso, porque ella se volvió grosera, miserable? De veras no lo sé. Acaso Lucía sea otro ángel custodio. Es cierto que eso no me preocupa mucho, pero también que no quiero hacerle mal. Y no querer hacer mal es la interpretación menos riesgosa del amor. También es seguro que todo hubiera andado mejor si en aquel tiempo Alicia y yo nos hubiéramos visto, si Miguel no hubiera tomado la única decisión de su vida. Pero, ¿quién de nosotros juzga a quién?

Índice

Primera parte: «Miguel» 9

Segunda parte: «Alicia» 67

Tercera parte: «Lucas» 79